Cin (جن / *ğinn*) *jinn, Dschinn*

(Der Dämon, der böse Geist)

Der Düsterreport
Unerklärliche Ereignisse

von Gristher Grimwalde

Basierend auf wahren Begebenheiten

Für J.
Ohne dich hätte es dieses Buch nie gegeben.

Vorwort

Dieses Buch beinhaltet kurze Geschichten, die auf tatsächlichen Erlebnissen von Personen oder Personengruppen basieren. Es wurden Gespräche mit den Beteiligten geführt.

Genaue Angaben wie Orte und Namen wurden geändert.

Dieses Buch ist durch das Mitwirken der Social-Media-Seite **Die unheimlichsten Orte** entstanden.
Ich danke den Betreibern für ihre Hilfe und Unterstützung bei diesem Projekt.

Inhalt

Der Geisterfilm

Anfang der 2010er, Süddeutschland

Ich saß wieder einmal in einer Vorlesung, die ich als sehr langweilig empfand. Komisch, dabei dachte ich immer, diese Dinge sollten Spaß machen. Der Dozent erklärte etwas, anhand von Diagrammen und Schaubildern, während ich in meinem Block herumkritzelte. Ich konnte es kaum erwarten, die ersten Praxiserfahrungen in Film und Fernsehen zu sammeln. Ein einfaches Schulprojekt hätte es zur Not auch getan. Ich glaube, so ähnlich erging es Köchen. Bevor sie etwas Kochen dürfen, erlernen sie erst einmal die Reinigung der Küche. Im Endeffekt lernen sie zuerst das Drumherum und darauf dann das Kochen. Es kann sein, dass dies in vielerlei Augen Sinn ergibt, doch ich war schon immer der praktische Mensch gewesen. Ich denke, zu viel der Theorie hält einen nur auf. Wer brachte den ersten Filmemachern das Filmemachen bei? Das waren alles praktische Menschen mit einer Vision. Mit einem Traum.

Sie hielten sich nicht allzu sehr mit der Technik auf. Das waren noch Künstler. Echte Künstler. Genau so wie Schriftsteller. Diese haben keine Bücher geschrieben, weil sie nach ihrem Job noch eine Beschäftigung für sich suchten, um dann, in Hemd und Krawatte, ihr Buch zu präsentierten. Nein! Sie haben diese Bücher geschrieben, weil es das Einzige war, was ihre Seele zum Atmen brachte. Die Geschichten, die sie niederschrieben, haben sie heimgesucht. Edgar Allan Poe, J. D. Salinger, J. R.R. Tolkien, Robert Bloch und von mir aus auch der gute alte Stephen King. Heute schreiben gefühlt alle, die ein Studium in dem Bereich abgeschlossen haben, ein Buch. Ich sage immer, es gibt Autoren und es gibt Autoren. Wenn ich also davon spreche, meine ich die großartigen Künstler. Die gequälten Seelen, die Erschaffer von Welten. Daran kommen die wenigsten heran.

Ich weiß, das klingt alles sehr negativ und sehr kritisch, aber wie will man künstlerisches Talent erlernen? Entweder man ist als Künstler geboren oder eben nicht. Ich denke, sehr viele Studenten von Film und Literatur sind es nicht. Man kann einem Menschen sehr wohl näher bringen, was eine Leinwand ist, wie Farben gemischt werden, man kann ihnen Techniken zum Malen zeigen, aber man kann sie eben nicht lehren die Mona Lisa zu malen. Denn der, der dies tat, war ein geborener Künstler.

Natürlich erlernen sie ihr Handwerk, aber vielen fehlt die Seele dahinter.

Und genau so verging eine Vorlesung. Der Dozent erzählte etwas und ich ging auf Gedankenreise. Ich philosophierte ständig über die Bedeutung der Kunst und dem damit verbundenen Wettbewerb.

Einige mögen jetzt denken, dass mein Leben sehr leer zu sein scheint und sie haben recht. Das war es auch. Was nicht bedeuten soll, dass ich gänzlich Unrecht mit dem habe, was ich sage oder es meine Argumente entkräftet. Ich stehe nach wie vor hinter den Künstlern. Den wahren Künstlern, aber heute würde ich nicht mehr so viel Energie verschwenden, um meine Meinung zu sagen. Es hat ja im Endeffekt eh keinen Sinn. Ihnen gehört die Mehrheit der Aktien, wenn man so will.

Nach der Vorlesung ging ich zurück auf mein Zimmer und legte mich wieder hin. Das war im Groben mein durchschnittlicher Studienalltag. Viele aus meinen Kursen trafen sich noch in Cafés oder gründeten Verbindungen, unternahmen zusammen Freizeitaktivitäten. Ich passte da irgendwie nicht hinein. Es war eine fremde Welt.

Einige dieser Studenten kamen aus einem reichen Elternhaus. Das waren die Jugendlichen, die zum achtzehnten Geburtstag einen Neuwagen bekamen und mit Papis Kreditkarte, über die Semesterferien, in ferne Länder flogen. Sie teilten ihre Erfahrungen über die sozialen Medien, damit auch jeder sehen konnte, was für ein tolles und faszinierendes Leben sie führten. Sie bauten sich selbst Mauern und kerkerten sich in diese Virtualität ein. Als würde diese ganze Scheiße irgendjemandem helfen.

Ich hingegen musste mir oft von Menschen, die nicht mehr viel Hoffnung in mich hatten, Geld leihen.

»Sicher muss ich mir jetzt noch einmal Geld leihen, Mama, aber ich verspreche dir, ich schaffe es mit den Filmen! Das Studium ist nicht umsonst!«

So wurden aus Monaten, Jahre und aus Hoffnung, die so noch in dich gesetzt wurde, Enttäuschung.

Depression und Weltschmerz wurden daher meine Begleiter. Deswegen schlief ich lieber, als meine Zeit in einer Welt zu verbringen, die für mich so befremdlich und künstlich war, dass man daraus locker einen Film machen könnte.

Die gemachte Welt der gemachten Menschen.

Am Abend wurde ich dann wieder wach. Die im Nebenzimmer feierten gerade eine kleine Party. Jedenfalls hörte ich laute Musik und das Aufeinanderprallen von Gläsern durch die Wände hallen. Ich nahm daraufhin meinen MP3-Player, steckte die Kopfhörer an, startete meine Musik und drehte mich mit dem Rücken ins Zimmer. Darauf versank ich erneut in meiner Gedankenwelt.

Wahrscheinlich konnte ich mein Studium nicht länger aufrechterhalten. Es waren nicht nur die Kosten, es war diese ganze Welt. Kennst du das Gefühl, wenn du in einem Wartezimmer Platz nimmst, du sie gegrüßt hast und dich kein Einziger zurückgegrüßt hat? Dich nicht einmal angesehen hat? So ging es mir. Ich gehörte hier nicht her.

Ich bezweifelte zwar, dass ich in einer normalen Ausbildung glücklicher gewesen wäre, aber das Studentenleben war es für mich auch nicht. Wir brauchten aber alle den Abschluss, weil wir sonst keine Filmförderung bekommen würden. Das ganze Konzept mit dem Abschluss, den Zuschüssen, den Fördermitteln, den Institutionen war dermaßen komplex, dass der bloße Gedanke daran mich schon sehr ermüdete. Da hatten es einige Studenten einfacher als andere.

Während ich da so in meiner Welt versank, bemerkte ich nicht, dass einer von der Party in mein Zimmer gekommen war. Ich zuckte kurz zusammen, als ich ihn in der Spiegelung am Fenster sah. Für eine Viertelsekunde dachte ich, da steht ein Geist oder so etwas in der Art. Erleichtert nahm ich dann meine Kopfhörer ab. Es war Richard. Wir kannten uns von einigen Kursen, die wir zusammen hatten. Er war einer der wenigen, die ich hier wirklich gut leiden konnte. Ich sagte; *»Hey! Na was geht!«*, und Richard erwiderte; *»Klasse! Du solltest rüberkommen zur Party! Verpasst etwas!«*

Während wir mit dem Smalltalk weiterfuhren, bemerkte ich, dass er sein Glas abgestellt hatte und meine Skizzen durchsah. *»Was ist das?«*, fragte er. Ich entgegnete; *»Nur ein paar Ideen, die ich während der Vorlesungen hatte!«*

Plötzlich zog er eines der Blätter hervor, zeigte es mir und fragte: *»Das sieht ja abgefahren aus! Was ist das?«*

Ich antwortete etwas verlegen: *»Nun ja, ähm! Das war eine Idee von mir! Nur ein flüchtiger Gedanke! Ich dachte mir, was wäre, wenn man ein Haus mit Kameras ausstattet und es dort ein Gewaltverbrechen gibt! So etwas wie Reality-TV, nur als Film! Und natürlich Fake! Aber man tut so, als wäre es* echt!«

Richard sah sich die Skizze erneut an und überlegte. Nach einer kurzen Pause sagte er energisch; *»Die Idee ist gar nicht mal so schlecht! Ich finde sie klasse! Aber lasse das Gewaltverbrechen weg! Mache etwas Düsteres daraus! Vielleicht mit Monstern oder so!«*

Richard nahm sein Glas in die Hand, öffnete die Tür und nuschelte; *»Du hast echt Talent! Mache etwas daraus!«,* ehe er das Zimmer wieder verließ.

Ich lief zum Schreibtisch und sah mir die Skizzen noch einmal an.
Womöglich hatte Richard recht. So eine schlechte Idee war es gar nicht. Nur saß ich in diesem Trott fest. Ich setzte mich hin und zeichnete verschiedene Szenen, die ich mir für diesen Film vorstellen konnte. Wenn schon düster, sollte es die Menschen richtig schocken. Ich öffnete meinen Laptop und suchte im Internet nach Kostümen und verglich die Preise. Die günstigen Kostüme waren zwar im Bereich des finanziell Möglichen, aber dann würde der Film eher wie Karneval aussehen. Es musste realistischer und echter sein als das.

Nachdem die Euphorie am Abklingen war, realisierte ich dann die Hürden, die dieser Low-Budget Streifen mit sich brachte. Ich brauchte ein Haus oder zumindest eine große Wohnung. Ich brauchte Darsteller und dafür konnte ich nicht einmal an unserer Schule herumfragen. Es musste alles sehr günstig ablaufen. Ich brauchte gute Kameras bzw. semi-gute um es etwas realistischer wirken zu lassen. Der Eifer hatte mich gerade gepackt.
Es musste ja kein langer Film werden. Vier bis zehn Minuten würden genügen. Nur um mir selbst mein Können zu beweisen. Meine Visitenkarte. Den einfältigen Kindern zu zeigen, dass meine Kreativität ihre überstieg.

Da mein Vorhaben in den Strukturen, in denen ich feststeckte, nicht realisierbar war, pausierte ich mein Studium in der Mitte des Herbstes und fuhr mit einem Taxi zum alten Landhaus meiner Eltern. Es war schon seit Jahren nicht bewohnt, daher bot es mir den perfekten Ort, um die nächsten Schritte zu planen. Das Haus stand alleine auf einem großen Areal. Nichts als karge Felder hinter einem Hügel. Es waren zwei Stockwerke und ein Dachboden vorhanden. Eine alte Holztreppe verband alle Ebenen, im Inneren dieses heruntergekommenen Gebäudes, miteinander. Es war unheimlich, doch der einzige Rückzugsort, den ich noch hatte. Nach Hause konnte ich nicht. Sonst müsste ich mir fast jeden Tag anhören, was für ein großer Versager ich doch sei und genau das, würde mich bei diesem Vorhaben enorm abbremsen.

Ich quartierte mich im ersten Stockwerk, im alten Arbeitszimmer meines Vaters ein. Bis darauf, dass das Licht im ganzen Haus nicht funktionierte, war es für mich recht hinnehmbar. Ich benutzte unseren alten Stromgenerator für die wenigen Dinge, die ich brauchte.

Ohne in die restlichen Zimmer auch nur einen Blick zu werfen, schaltete ich meinen Laptop ein und fing an, das Konzept zu entwerfen. Genau so stellte ich mir kreatives Arbeiten vor. Ein unheimliches Drehbuch-Konzept in einem unheimlichen Haus zu schreiben.

Es war gegen die Mitternachtsstunden. Ich schrieb noch immer wie gebannt an meinem Skript herum, als plötzlich etwas auf dem Dachboden umfiel. Dieser laute Knall hallte so enorm durch die Wände, dass man kurz das Gefühl hatte, das ganze verdammte Haus würde einstürzen. Natürlich zuckte ich zusammen, ehe ich aufstand und mich mit dem Rücken an die Wand stellte. Ich zog mein

Handy aus der Tasche, schaltete das eingebaute Licht ein und begab mich in den Flur. Ich stand gerade am Türrahmen, da realisierte ich zum ersten Mal, wo ich mich eigentlich gerade befand. Jetzt in der Nacht, ohne die Beleuchtung, wirkte dieses Haus, als wäre es der Empfangsbereich der Hölle selbst. Die Holzdielen knarrten, der Wind pfiff durch die Rillen der alten Holzfenster und etwas bewegte sich auf dem Dachboden umher. Auf was hatte ich mich nur eingelassen? Ich dachte nur, wenn mir jetzt etwas zustoßen würde, hätte mich keiner gefunden. Niemand wusste, dass ich hier war. Ich hatte es nicht einmal meinen Eltern gesagt.

Mit achtsamen Schritten und dem Handy in der Hand lief ich den Flur entlang. Das Licht beleuchtete nur einen sehr kleinen Teil. Rückblickend wäre es besser gewesen im Notfallkit eine Taschenlampe zu haben, doch wie sagt man so schön, man ist hinterher immer schlauer. Während ich in die pure Dunkelheit hineinlief, hatten die Geräusche plötzlich aufgehört. Der Wind war still. Der Fußboden war solide. Nur fühlte ich noch immer die Bewegung auf dem Dachboden. Ja, es klingt komisch, ich hörte es nicht. Ich fühlte es. Mit jedem Schritt wurde mein Herzschlag schneller. Die Wendeltreppe, die auf den

Dachboden führte, befand sich nun ganz in meiner Nähe. Die Dunkelheit umschloss mich immer stärker. Ich fing an zu zittern. Es gab für mich, in dem Moment, kein Zurück mehr. Ich musste dahin. Meine Hand zitterte so stark, dass sich das Handlicht permanent bewegte.

Dann war es so weit. Wenige Schritte vor mir befand sich die Wendeltreppe in ihrer vollen Pracht. Ich zitterte und atmete immer schwerer. Die Dunkelheit hatte mich fest bis zu meinen Schultern umschlungen. Der Flur war lang und kalt gewesen. Ich leuchtete die Wendeltreppe hinauf, doch da war nichts. Es wirkte so, als würde das Licht von etwas absorbiert werden. Eine massive schwarze Masse, die mir meine Sicht versperrte. Obwohl ich direkt davor stand, konnte ich die erste Treppenstufe nicht sehen. Mein Herz raste vor Angst.
Das alte Haus wachte langsam auf. Etwas zog sich durch alle Räume hindurch. Es knarrte und schlug durch die einzelnen Zimmer. Es wurde immer lauter und die Treppe färbte sich immer weiter ins Dunkle. Ich blickte in die absolute Finsternis. Das Knarren hatte die Zimmer um mich herum erreicht. Ich fürchtete, dass nun etwas die Treppe hinunterkommen könnte, also nahm ich einen

tiefen Atemzug, hielt die Luft an und machte einen Schritt zurück in den Flur. Plötzlich stieß ich mit dem Rücken gegen etwas. Es stand direkt hinter mir und ich hörte es sogar atmen. Vor Schreck ließ ich mein Handy fallen und rannte hinter die Wendeltreppe, in die Dunkelheit hinein. Dort hörte das Haus auch auf und ich drückte mich fest mit dem Rücken an die Wand. So fest, dass ich schon Schmerzen hatte. Das Handy war ungünstig gelandet. Es leuchtete nun nach unten. Man erkannte in der Dunkelheit nur noch die Umrisse des Gerätes, die durch das Licht hervorgehoben wurden. Nach ein paar tiefen Atemzügen hatten sich meine Augen an die Dunkelheit gewöhnt und ich konnte zumindest das eine Fenster erblicken, welches sich nun am anderen Ende des Flures befand. Direkt neben dem Arbeitszimmer meines Vaters. Ich überlegte, ob es nun empfehlenswert gewesen wäre, zurückzugehen, aber ich zitterte noch immer und der Schreck saß tief. Ich versuchte an mein Handy zu gelangen und dabei meinen Rücken nicht von der Wand wegzubewegen.
Doch dann kam das Knarren wieder zurück. Als ich erneut durch den Flur sah, ging auf einmal etwas am Fenster vorbei. Es war eine riesige, schwarze Gestalt. Voller Eile beugte ich mich nach vorne, ergriff mein Handy und rannte wie

ein Irrer los. Ich ging in das erste Zimmer hinein, das sich in meiner Nähe befand. Ich sprintete zum Fenster, öffnete es und kletterte aus dem ersten Stock hinaus. Voller Panik ließ ich mich in den Garten fallen. Was wäre schon ein gebrochenes Bein gewesen. Aber zu meinem Glück landete ich in den Sträuchern. Ohne eine Sekunde zu verlieren, rappelte ich mich wieder auf und rannte um mein Leben. Ich lief so schnell wie noch nie zuvor, denn etwas Schwarzes verfolgte mich durch den Garten. Ich sah es nie vollständig, sondern konnte es nur aus den Augenwinkeln erkennen. Es ähnelte sehr einem schwarzen Wolf, doch es war größer. Viel größer. Sein Kopf schien auf meiner Schulterhöhe zu sein.

Ich rannte so schnell, dass jeder Atemzug wehtat. Es drückte mir meinen Hals fast zu. Vor mir befand sich der Gartenzaun, doch anhalten oder sogar langsamer werden war keine Option. Ich übersprang den Zaun einfach. Unglaublich, was man alles schaffen kann, wenn man genug Anlauf und Adrenalin hat. Jedenfalls rannte ich den Hügel hinauf und bemerkte, dass dieses schwarze Tier von mir abgelassen hatte. Oben angekommen blieb ich kurz stehen und verschnaufte. Durch die Erschöpfung sackte ich schließlich zusammen. Ich blickte das Haus an, doch konnte nichts erkennen. Obwohl der Mond und die Sterne hell leuchteten, drang kein bisschen von dem Licht durch die Fenster. Die Fassade des Hauses wurde angeleuchtet, doch nicht die Fenster. Die Scheiben waren pechschwarz. Ich dachte für einen Moment darüber nach, meinen Laptop zu holen. Ich weiß, das klingt jetzt etwas absurd, aber es ging mir finanziell echt schlecht und ich hatte nur den. Mein Blick wendete sich dem Garten und den Fenstern zu. Ich wägte die Möglichkeiten ab. Mit jeder Sekunde, die verstrich, hatte ich das Gefühl zu spät zu sein. Jetzt oder nie, dachte ich. Jetzt oder nie! Ich bremste mich immer wieder selbst aus. Einen Schritt tat ich vor und ging dann wieder zurück. Einen Schritt wieder nach vorne und dann wieder zurück. Bis die Lichter im ganzen Haus angingen. Wie war das möglich? Die elektrische Leitung war schon vor Jahren abgestellt worden.

Alle Lichter im Haus gingen an und wieder aus. An und wieder aus und das im Sekundentakt. Wie Warnblinker an einem Auto. Etwas versuchte mir eine Botschaft zu senden, nur verstand ich sie nicht eindeutig. Aber ich fühlte die Abneigung. Ich fühlte mich darin nicht erwünscht. Es blendete immer wieder auf, bis, einige Sekunden später, das Licht ein für alle Mal ausging, und die Fensterscheiben und somit das Innere des Hauses in absoluter Finsternis versank.

Ich lief den Hügel auf der anderen Seite wieder hinunter zur nächsten Tankstelle. Dort wartete ich im Schutze der wenigen, wechselnden Gesellschaft bis der Morgen nun endlich dämmerte und die Busse wieder fuhren. Ich tätigte zeitgleich einen Anruf.

»Hallo Papa, du es tut mir leid, aber ich war letztens im alten Haus und habe da wohl meinen Laptop vergessen! Den bräuchte ich unbedingt für die Vorlesung! Könntest du ihn bitte an meine Schule bringen?«

Nein, die Hürde bestand nicht darin, meinen Vater in dieses Haus zu schicken. Ich wusste irgendwie, dass sie ihm nichts tun würden. Die Hürde bestand darin, rechtzeitig wieder an der Schule zu sein.

Irgendwie schaffte ich es dann doch und mit der Hilfe meines Vaters kam der Laptop auch wieder in meine Hände.

Ich lief auf mein Zimmer und schaltete ihn ein. Der Akku ging leer und er wechselte scheinbar in den Stand-by-Modus. Als er wieder hochfuhr, öffneten sich die benutzten Programme. Meine Textdatei war die einzige Anwendung, die laufen sollte, doch da öffnete sich eine weitere. Die Web-Cam schaltete sich auch ein. Denn es hatte eine Aufnahme gegeben. Voller Neugierde und doch etwas angsterfüllt, öffnete ich die Video-Datei. Es zeigte eine Aufnahme von mir. Wie konnte das sein? Ich hatte sie nicht gemacht. Im Video lief ich aus dem Zimmer. Wenige Sekunden darauf ruckelte es und ging zu Ende.

Darauf speicherte ich die Datei auf einem USB-Stick und fuhr den Laptop wieder runter. Zugeklappt legte ich ihn auf meinen Schreibtisch und wankte ermüdet zu meinem Bett. Ich kann mich nicht daran erinnern, jemals so schnell eingeschlafen zu sein, wie an diesem Tag.

Als ich wieder erwachte, war die Sonne bereits untergegangen. Die Nacht war hereingebrochen und trübte mein Gemüt erneut. Ich drehte mich um und wollte gerade auf die Toilette gehen, da sah ich meinen Laptop. Er war aufgeklappt und angeschaltet. Der Bildschirm färbte mein Zimmer in einen dunkelblauen Ton.

Die Web-Cam war an, aber es gab keine Aufnahmen. Es war schon beängstigend, die digitale Spiegelung seines Zimmers zu sehen, denn das machte mir Angst und diese Angst brachte mich auf eine verrückte und verhängnisvolle Idee. Ich suchte nach einem Konzept für meinen Kurzfilm. Da war es. Ich würde meine Erlebnisse nachfilmen. Natürlich nicht in dem Haus. Nein, ich würde es in einem ähnlichen Anwesen selbst inszenieren.

Es vergingen einige Tage. Ich lief durch die Stadt und beobachtete den Einbruch des Winters. Mit dem wenigen Geld, das ich noch für den Monat hatte, ging ich in einen Fast-Food-Laden. Sicher war es teuer und sicher verbrauchte es mehr Geld, als es sollte, aber ich mochte die Atmosphäre dort. So fühlte man sich für einen kurzen Augenblick nicht mehr am Rande der Gesellschaft. Man war einer unter gleichen.
Auf dem Rückweg ging ich die Nebenstraße hinunter. Vor mir befand sich ein Gebäude auf der linken Seite. Dort sah ich, durch eines der großen Fenster, eine Wendeltreppe. *Verdammt*, dachte ich nur. *Das ist der perfekte Ort für meinen Film.*

Ich ging zügig über die Straße. Die Suche nach dem Eingang brachte mich fast einmal um den ganzen Komplex. Doch schlussendlich fand ich ihn. »*Kinderhort!*«
Ich dachte nur, *Ist das jetzt euer Ernst?*

Schon im Eingangsbereich kamen mir Eltern entgegengelaufen, die gerade ihr Kind abgeholt hatten. Es gab zwei oder drei Erzieher bzw. Erzieherinnen. Diese waren umringt von

Kindern und Erwachsenen. Am Ende des Ganges kam gerade eine ältere Dame durch eine Tür hervor. Also huschte ich geschwind dahin. Ich stellte mich freundlich vor und bat die Leitung sprechen zu können. Sie schickte mich die Wendeltreppe hinauf in ein Büro, am Ende eines langen Korridors. Dort traf ich einen netten älteren Herren an. Ich stellte mich erneut vor und erzählte ihm, dass ich von einer speziellen Schule kommen würde und für ein Projekt eine Drehgenehmigung bräuchte. Worum es sich dabei genau handelte, sagte ich nicht.

Er misstraute mir sehr, was ich ihm auch nicht nachsehe. Es war eine verrückte Idee mit einem noch verrückterem Vorgehen. Er erzählte mir, dass sie grundsätzlich so eine Genehmigung nicht erteilen würden, aber unter ein paar Bedingungen, ich am Samstagabend hier filmen dürfte. Die erste Bedingung war es, dass ich die Spielräume der Kinder nicht filme, geschweige denn betrete. Die Zweite, dass ich die Büroräume nicht filme, geschweige denn betrete bzw. da diese ohnehin schon abgeschlossen wären, ich nicht versuche einzudringen. Ich dürfe nur ab der Wendeltreppe, das obere Stockwerk filmen. Was im Klartext nur die Wendeltreppe und den Korridor beinhaltete. Da es die beste Location war, willigte ich ein. Ich unterschrieb, dass ich für Schäden haften würde. Nach einer kurzen Diskussion über die Drehzeit sagte mir der Leiter, dass ich ihn am Samstag um 19 Uhr vor dem Hort treffen solle. Er würde mir aufsperren. Wir hätten dann Zeit bis 23 Uhr. Dass ich so spät drehen wollte, regte ihn zu keiner Nachfrage an, aber rückblickend betrachtet, denke ich, wusste er, dass es sich um ein unkonventionelles Projekt handelte.

Zurück im Wohnheim angekommen, schrieb ich meinen alten Schulfreund Jacob an. Zu Schulzeiten drehten wir gemeinsam schon Amateurfilme. Er war jetzt nicht der beste Schauspieler, aber es gab auch deutlich schlechtere. Ich sagte ihm, dass ich ein Projekt in Testphase hätte und ich seine Hilfe bräuchte. Obwohl er zunächst abgeneigt war, willigte er, auf mein freundliches Drängen schlussendlich ein.

An diesem Samstag brachte Jacob noch Benedikt mit. Er war in der Parallelklasse gewesen. In meinen Werken hatte er zwar noch nie mitgespielt, aber einem geschenkten Gaul ... Ihr wisst ja.

Wir trafen den Leiter auf dem Parkplatz. Er sah sich meine kleine Tasche an und fragte: *»Das ist alles?«*
Ich antwortete: *»Ja, wir versuchen es Low-*

Budget zu halten!«

In meiner Tasche befanden sich zwei herkömmliche Handkameras sowie ein Stativ. Was ist mit einem zweiten Stativ für die zweite Kamera, fragt ihr euch jetzt bestimmt. Wir hatten dafür kein Geld, ist die ehrlichste Antwort auf diese Frage.

Der Leiter schloss die Haupttür auf und gab mir seine Nummer. *»Wenn ihr fertig seid, ruft mich an!«*, sagte er und ging zu seinem Auto. Wir drei unterhielten uns kurz an der Tür, bis wir ihn wegfahren sahen. Kaum war das Auto um die Ecke verschwunden, riss ich die Tasche auf und zückte die teurere Handkamera von beiden. Wir hatten nicht viel Zeit, also mussten wir uns beeilen. Ich wies beide kurz in ihre Rollen ein.

Oh ja, da war ja noch etwas. So machte ich damals meine Reality-Filme. Es gab kein richtiges Drehbuch, da solche Nicht-Schauspieler, strikt geschriebene Rollen nicht gut verkörpern konnten. Ich gab ihnen nur eine kurze Charakterbeschreibung ihrer Figuren und was sie zu tun hatten. Den Rest sollten sie selbst improvisieren. So entstand eine gewisse Natürlichkeit. Es war echter.

Da ich der Kameraführung von beiden nicht sonderlich vertraute, hielt ich die Kamera für sie. Ich lief vor ihnen im Rückwärtsgang und hielt dabei die Kamera auf Benedikt gerichtet. Dieser legte seine Hand auf mein Handgelenk, sodass die Illusion entstand, er würde die Kamera führen. Und so watschelten wir, sie vorwärtsgehend, ich rückwärtsgehend, im Schneckentempo zum Hort.

Das Grundprinzip war einfach. Sie glaubten nicht an Geister und sollten so viel wie möglich über das Paranormale spotten. Sie seien auf dem Weg in eine verspukte alte Schule und sollten dort die ganze Nacht verbringen. Man merkte, dass Benedikt noch ziemlich unsicher auf diesem Gebiet wirkte, aber Jacob fuhr richtig auf. Wäre ich ein Geist und zu diesem Zeitpunkt anwesend gewesen, hätte ich vor Wut wahrscheinlich gekocht.

Wir gingen durch den Eingangsbereich und ich versuchte, so gut es ging, die Türen der Kinderräume nicht zu filmen. Dabei schwenkte ich immer wieder an die Decke oder auf den Fußboden. Wir drehten diese Szene, glaube ich, vier- bis sechsmal.

Am oberen Ende der Wendeltreppe angekommen, stellte ich die Kamera mit dem Stativ in die Ecke. So nahm sie die Treppe und den Korridor auf. Die andere Kamera stellte ich im Eingangsbereich auf einen Schrank. Sie filmte nur die Tür und einen Teil des Gangs. Das Konzept war zwar nicht gerade das Beste,

aber dafür, dass ich es erst vor zwei Minuten entworfen hatten, als ich die Kulisse zum ersten Mal in Ruhe sah, war es nicht schlecht. Wie schon gesagt, wir liebten die Improvisation. Man passte sich immer der Umgebung an. Ich hätte daheim sitzen und mir eintausend Pläne ausmalen können, wie etwas geschehen oder aussehen sollte. Doch dann steht man an der Kulisse und es deckt sich überhaupt nicht mit dem Plan. Daher entwarf ich in meinem kreativen Kopf immer erst vor Ort die besten Konzepte. Wir können uns leider keine Kulissen bauen, daher müssen wir die Orte so nehmen, wie sie sind und das Beste daraus machen.
Wir filmten ein paar Szenen im Eingangsbereich. Sie kamen durch die Tür, gingen wieder hinaus, kamen wieder hinein. Ähnlich lief es im oberen Stockwerk ab. Das Problem war, dass die erste Tür im Korridor, die der Kamera am nächsten stand, verschlossen war. Also mussten wir einen alten Kameratrick anwenden. Sie taten so, als gingen sie hinein, drückten sich fest und tief in den Türrahmen, warteten ein paar Sekunden und gingen von dort wieder weg. Den letzten Teil schneide ich später weg und es wirkt dann so, als wären sie tatsächlich ins Zimmer gegangen.
Klar, wir hätten es mit dem offenen Zimmer, vier Türen weiter drehen können, aber die war

zu weit von der Kamera entfernt. Es musste also die erste Tür sein. Benedikt kam irgendwann wieder hinaus und legte seinen Rucksack vor die Wendeltreppe, die nach unten führte. Wir banden drei Nähfäden daran und führten die sehr dünnen Schnüre durch das Geländer der Wendeltreppe. Das war unser Flaschenzug, wenn man so will. Das Schöne an diesen billigen Handkameras war, dass diese nicht qualitativ hochauflösend filmten, dass man die Nähfäden hätte sehen können. In der nächsten Einstellung stellte ich mich hinter die Kamera, gab Benedikt ein Zeichen und dieser zog mit einem Ruck an den Fäden. Wir sahen, wie die Tasche, mittels Fäden, die Treppe hinunterfiel. Durch die Kamera sah es jedoch so aus, als würde ein unsichtbares Wesen die Tasche hinunterschleudern. Das sah so verdammt großartig aus, dass ich mich innerlich selbst beweihräucherte.

Danach ging es sehr zügig voran. Ich glaube, es so aussehen lassen zu haben, dass Benedikt verschwindet und dann als Schreckgestalt wieder zurückkommt. Zum Glück hatten sie die Toiletten offengelassen. Dort konnten wir ihn dafür etwas schminken. Schwarze Augen, weißes Gesicht. Wie es sich halt gehört. Irgendwann sind dann beide umgekommen und der Film war aus. Die

Kameras ließ ich noch etwas die Leere filmen, um diese Herzschlag-Atmosphäre zu erzeugen, und dann war es vorbei.

Jacob und Benedikt kamen dann wieder vor. Wir packten unser Equipment zusammen und steckten es wieder in die Tasche. Mittlerweile war es kurz vor 23 Uhr. Ich rief den Leiter an, der auch ziemlich rasch kam. Gemeinsam gingen wir noch einmal die beiden Stockwerke durch, um sicherzugehen, dass nichts beschädigt wurde. Zum Abschied drückte er mir die Hand und wir drei gingen wieder.

Da keiner von uns ein Auto hatte, liefen wir durch den städtischen Wald auf die andere Seite der Stadt. Dort befand sich mein Wohnheim. Jacob wohnte nicht weit von mir und Benedikt musste bei mir übernachten, da keine Busse mehr zu ihm fuhren. In Anbetracht, dass er völlig unentgeltlich mitwirkte, war es selbstverständlich.

Der Wald ging zu Ende und wir kamen auf einen Feldweg. Obwohl ich diesen Teil der Stadt kannte, wirkte er gerade in dieser Nacht sehr befremdlich. Benedikt und Jacob liefen einige Meter voraus und ich versuchte den beiden mit meinem Gepäck hinterherzukommen. Der Feldweg kreuzte einen kleinen Bach. Eine kleine Steinbrücke führte uns über das Wasser. Die beiden hatten sie schon längst passiert, als ich sie gerade überquerte. Da sah ich, aus dem Augenwinkel, eine schwarze Gestalt unter einem Baum, neben dem Bach sitzen. Ich wollte es zuerst nicht realisieren, da um diese Uhrzeit dort niemand sein konnte. Ich blieb stehen und blickte direkt dorthin. *»Jacob! Benedikt!«*, rief ich. Die beiden machten kehrt und kamen zurück auf die Steinbrücke. *»Seht da hin! Seht ihr es?«*, fragte ich. Beide bejahten und schienen wie vom Donner gerührt. *»Was ist das?«*, fragte Jacob neugierig. Benedikt war extrem verängstigt. Ich wusste ehrlich gesagt auch nicht, wie mir geschah oder was ich hätte sagen sollen.

Es war eine alte Frau, vollständig in Schwarz gehüllt. Sie saß wie versteinert dort und bewegte sich keinen Millimeter. Jacob warf ein: *»Vielleicht braucht sie Hilfe? Vielleicht ist sie krank?«*

Der Gedanke war mir noch nicht gekommen. Trotzdem wollte ich es nicht herausfinden. Jacob ging Schritt für Schritt nach vorne, näher zu ihr hin. Ich folgte ihm, aus Loyalität, in derselben Geschwindigkeit. Benedikt blieb auf der Brücke und rief uns zwar zu, dass wir bitte umkehren sollen, aber ich wusste, dass Jacob nicht umdrehen würde. Er hatte ein viel zu gutes Herz. Und ich konnte ihn nicht alleine vorlaufen lassen. Mit winzigen Schritten gingen wir immer näher und näher an diese Gestalt, die sich kaum zu bewegen schien. Je näher wir kamen, desto klarer konnten wir die Musterungen an den Bäumen und auf den Blättern erkennen, aber kein einziges Merkmal der schwarzen Gestalt. Kein Gesicht, keinen Hals, keine Kleidung, keine Augen. Einfach pure Schwärze.

Ich weiß, dass uns noch etwa zehn Meter von ihr trennten, als Jacob auf einen Ast trat. Der Ast zerbrach und gab dabei ein knackendes Geräusch von sich. Es war dieser eine Moment, in dem wir sahen, wie sich der Kopf der Gestalt plötzlich zu uns wandte. Mich überkam ein Schauer und für einen kurzen Moment bekam ich keine Luft mehr. Die Gestalt drehte nun ihren ganzen Körper zu uns und richtete sich dabei auf. Es dauerte einige Sekunden, um das Geschehen zu verarbeiten. Das waren Szenen, die wir nur aus Filmen oder Alpträumen kannten. Das war nämlich der wahre Horror. Diese Nanosekunden, die das Gehirn versucht, es zu verarbeiten, und in Betracht zieht, dass man womöglich träumt, aber dann realisiert, dass man hellwach und bei klarem Verstand ist, doch die Bilder noch immer da und wahrhaftig sind.

Die Gestalt war nun vollständig aufgestanden und wir sahen nur noch den Körper. Der Kopf

war irgendwo in den Baumkronen verschwunden. Die Arme hingen hinunter und berührten den Boden. Es wankte plötzlich auf uns zu. Jacob und ich waren noch immer wie gelähmt. Keinen Wimpernschlag später stand da plötzlich ein kleines Kind. Kaum größer als einen Meter. Noch immer in einer pechschwarzen Silhouette. Wie konnte das sein? Vor unser aller Augen hatte es sich nun das zweite Mal verwandelt. Wie ist so etwas möglich? Im nächsten Moment bückte sich das Kind scheinbar nach vorne und plötzlich war der schwarze Wolf wieder vor mir. Er rannte auf uns zu. Wie ein Raubtier auf Beutejagd. Jacob machte kehrt und rannte an mir vorbei, zurück auf die Steinbrücke. Dabei streifte er mich an der Schulter. *»Los komm! Los komm!«*, rief er mir zu, doch ich war wie gelähmt. Es trennten mich nur noch sehr wenige Meter vom Wolf, als ich plötzlich meinen Mut fand, mich umdrehte und den beiden hinterherrannte. Obwohl ich nicht gerade der Sportlichste war und Gepäck auf meinem Rücken hatte, überholte ich beide. Ich hatte in meinem gesamten Leben noch nie so eine Panik gehabt. Es war nicht nur die Angst vor dem Tod. Es war auch die Angst vor dem Dunklen. Dem Bösen.
Jacob versuchte zwischenzeitlich auf die Mauer des Parkplatzes zu klettern. Ich rief ihm zu:

»Das sind zwei Meter! Allerhöchstens! Wenn es will, kommt es da hinauf! Wir müssen weiter!« Nach einem Sprint von etwa fünf Minuten, passierten wir das Industriegebiet. Dort war neben einer großen Fabrik, ein kleiner Durchgang in ein Kellergewölbe. Dort mussten vermutlich ihre Müllcontainer stehen, dachte ich mir. *»Los mir nach!«*, rief ich energisch und führte uns in den kleinen Schacht. Es standen drei Papiermüll-Container darin. Wir liefen den engen Raum bis hinter zum letzten Container und versteckten uns daneben. Mit Sicht hinaus, packte ich meine Kamera und drückte auf Aufnehmen. Wir sprachen nacheinander unsere Namen und erzählten, was uns gerade widerfahren war. Benedikt zitterte noch immer gewaltig und schien sich auch nicht mehr zu beruhigen. Jacob und ich philosophierten über die Existenz von Werwölfen, denn anders konnten wir es uns nicht erklären. Wir reichten die Kamera herum und jeder grüßte seine Liebsten und erzählte, wer was erben sollte. Denn wir erwarteten nicht diese Nacht zu überleben. Es würde uns suchen und finden. Jetzt wüsste der Werwolf, dass er gesehen wurde. Wir waren Zeugen. Das Ganze verschlimmerte sich, als sich die Schatten außerhalb des Gewölbes bewegten. Ich weiß noch, wie ich Jacob fragte, wie spät es sei.

Benedikt warf ein: *»Es ist gerade 1 Uhr vorbei!«*, *»Na dann müssen wir ja nur noch fünf Stunden hier warten!«*, entgegnete ich zynisch.

Wir warteten weitere zwei Stunden in diesem Kellergewölbe und erzählten über unser jämmerliches Leben.

Es war gerade 3 Uhr vorbei, da fassten wir den Entschluss, den Heimweg zu wagen.

Wir begleiteten zunächst Jacob nach Hause und gingen wirklich sicher, dass er dort auch ankam. Dann machten Benedikt und ich uns auf den Weg zum Wohnheim. Er hielt sein Klappmesser und ich mein Pfefferspray. Rücken an Rücken liefen wir so die Straße hinunter.

Nach einer beleuchteten Unterführung sahen wir die ersten Menschen. Es waren drei Frauen, die scheinbar gerade von einer Party kamen. Benedikt war so erleichtert, dass er seine Arme zum Himmel empor öffnete und dabei mit einem Lächeln aufatmete. Da er aber das Klappmesser noch in seiner Hand hatte und dieses dabei hochhielt, drückte ich seinen Arm wieder hinunter. Schließlich wollte ich nicht, dass sich die Frauen bedroht fühlten. Da steckte ich auch mein Pfefferspray wieder weg.

Im Wohnheim angekommen, legten wir uns dann schlafen. Wieder Rücken an Rücken.

Am nächsten Morgen gingen Benedikt und ich zu einem Pfarrer, in einer nahe gelegenen Kirche und wir unterhielten uns über Geister und Dämonen. Ich holte mir an diesem Tag Weihwasser ins Haus und meide es auch seit dem nicht mehr.
Jacob wollte mit dem ganzen Thema nichts mehr zu tun haben, da er aus einem sehr religiösen Elternhaus kam und ihn seine Eltern deswegen sogar in den Vatikan gefahren hätten.

Ich war die ersten Tage auch sehr skeptisch. Sollte ich den Film noch schneiden oder nicht. Schlussendlich legte ich die Speicherkarte dann doch ein und schaute mir die einzelnen Aufnahmen an.
Es gab leider sehr viele Outtakes. Die interessantesten Videos waren aber nicht die vom Obergeschoss. Es waren die vom Eingangsbereich. Jene Kamera, die ins Leere filmte. Es zeigte die schwarze Gestalt, hinter der Eingangstür. Es hatte uns die ganze Zeit beobachtet. Eine lächelnde schwarze Gestalt in einem schwarzen Kleid tauchte immer wieder auf den Aufnahmen des Eingangsbereiches auf. Mal verzerrt, dann wieder klar. Oft nur wenige

Sekunden. Es hatte unsere Inszenierung die ganze Zeit mit angesehen.

Ich löschte darauf alle Aufnahmen von der Speicherkarte und entschied diesen Film nicht zu machen. Das ging sogar so weit, dass ich ein paar Wochen später das Studium ganz abbrach und mich davon vollständig zurückzog.

Vielleicht klingt es jetzt sehr drastisch, aber ich bin glücklich mit meiner Entscheidung. Das war von Anfang an nichts für mich gewesen. Ich glaube, ich hatte mehr Freude daran, die ganzen Konzepte zu schreiben und mir die Geschichten auszudenken, als sie tatsächlich zu verfilmen. Es war der Geisterfilm, den ich nie machen wollte. Ich bin mir sicher, dass viele aufsteigende Filmemacher von so etwas träumen. Aber mit dem Hinsehen ist es so eine Sache. Hat man es einmal erblickt, kann man nicht mehr wegsehen. Ich glaube, dass es viele Menschen da draußen gibt, die sich wünschen, Zeuge eines paranormalen Erlebnisses zu sein, bis sie es dann schließlich sind.

Demnach halte ich auch von den meisten sogenannten Geisterjägern nichts mehr. Gerade von denen, die es in einer abenteuerlichen Unterhaltungsform präsentieren. Eine Zirkusshow, geboten von Menschen, die keine Ahnung haben, was sie da eigentlich tun. Mehr ist es in meinen Augen nicht.

Es mag aber durchaus seriöse Geisterjäger geben.

Ich bin anschließend aus der Stadt weggezogen. Ob es mir bis heute gefolgt ist, mag ich zu bezweifeln, aber damals war es da. Wir drei haben an diesem Abend solch ein paranormales Erlebnis gehabt, wie es selten jemandem zuteilwird. Wenn selbst der größte Zweifler nun vor mir steht, weiß ich noch immer, dass es wahr ist und es wird mich vermutlich mein ganzes Leben begleiten.
Nur würde ich keine Filme mehr dazu machen. Heutzutage schreibe ich lieber darüber.

Die Augen des Grau

Ende der 1980er, Bayern

Die 80er hatten ein ganz anderes Lebensgefühl. Die Hippie- und Disco-Bewegungen hatten die Menschen aufgelockert und näher zusammengeschweißt. Nur in Bayern schien der Lebensstil der vergangenen Jahrzehnte nicht wirklich angekommen zu sein. Ich war zwar erst zehn, aber meinte alles zu verstehen. Viele waren aus den Dörfern in die Städte verzogen. So wie meine Eltern. Nur mein Großvater wollte seinen Hof auf dem Land nicht aufgeben. Meine Oma war vor Jahren leider verstorben und seitdem lebte er alleine dort draußen. Er war einsam, das wussten wir, aber helfen lassen wollte er sich nicht. Ich glaube, dass er sich in der neuen Welt nicht so zurechtgefunden hätte.

Meine Eltern waren da ganz anders. Sie machten Fortbildungen, um in ihrem Job immer auf dem neusten Stand zu sein. Kaum zu glauben, dass sie ihre Arbeit in zehn Jahren an einen automatisierten Computer verlieren würden. Das nennt man wohl Ironie des Schicksals. Dabei hieß es immer, die Technologie mache alles einfacher. Nicht alles, wie es schien. Da bewunderte ich meinen Großvater mehr. Er war noch ein praktischer Mensch mit handwerklichem Geschick. Mir fehlte dazu leider die nötige Veranlagung. Meine Welt würde sich einmal um Handys, MP3-Player und Computerspiele drehen. Doch vor dem Anbruch dieser wunderbaren Zeit, mit all ihren Möglichkeiten, spielten wir noch draußen und machten uns schmutzig. Ich glaube, so etwas können sich die Kinder von heute nicht wirklich vorstellen mit ihren Markenschuhen und ihrem Modefaible. Wir trugen bequeme Jeans und ein paar stabile Treter. Mehr brauchte es nicht, um mit seinen Freunden Spaß zu haben. Ich glaube, das ist es, was den Menschen heute fehlt. Spaß. Der echte Spaß. Kein gekünsteltes Vergnügen durch Anwendungen am Handy oder Textnachrichten ohne jegliche Emotion. Einfach das Miteinander.

Mein bester Freund und ich gingen oft Fußball spielen. Zwischen der Stadt und dem Dorf meines Großvaters gab es drei Fußballfelder und ein unbenutztes Ackerland. Falls die Felder schon belegt waren, spielte man einfach auf dem Stück Land, das scheinbar niemandem gehörte. Aber es gab Gerüchte. Man munkelte, dass in den 1970er dort zwei Hallen standen, in denen Experimente durchgeführt wurden. Von wem, das weiß man nicht. Es hätte was mit einer Höhle in einem Berg zu tun gehabt. Vielleicht spannen sich einige Dorfbewohner auch etwas zusammen. Jedenfalls spielten Markus und ich jeden Freitagabend dort Fußball. Manchmal kamen sogar echte Mannschaften zum Training vorbei und wir konnten sie hautnah in Aktion sehen. Wir stellten uns immer vor, wie wir einmal zu denen gehörten. Das waren echt coole Typen. Deswegen wollten wir auch so sein wie sie, denn an unserer Schule waren wir immer die Außenseiter gewesen. Die, die niemand in ihrer Mannschaft haben wollte. Als ob Fantasy-Fans kein Fußball spielen könnten. *Kinder sind gemein.* Also spielten wir meistens zu zweit. Ich kannte Markus schon seit der ersten Klasse. Er liebte Science-Fiction mehr als jemand sonst in unserem Alter. Sein Vater hatte sein Zimmer sogar mit Raumschiffen und Monstern verziert. Deswegen galt er sogar als Sonderling. Ja, wir waren ein merkwürdiges Duo. Ich passte vielleicht auch nicht so in dasselbe Bild wie er, aber ich stand zu meinem Freund. Diese Freundschaft war mir wichtiger, als eine aufgesetzte mit einem der coolen Kids.

Es war wieder einmal Freitag und ich machte mich auf den Weg zum Spielfeld. Der letzte Ball mit dem wir spielten, war der von seinem großen Bruder gewesen. Der ging leider kaputt, daher hatte mein Vater einen Neuen gekauft.

Kurz nach halb fünf kam ich dann oben bei den Feldern an. Die drei Felder waren leider gerade belegt. Da spielten Teams aus der Oberschule gegeneinander. Vielleicht waren es aber auch Studenten. Sie sahen alle gleich aus. Markus konnte ich aber noch nicht erblicken. Ich lief den Hang weiter hinunter und suchte nach ihm. Auf dem Ackerland, sogar auf der Wiese, doch da war er nicht. Also setzte ich mich an den Rand des Ackerlandes und beobachtete die anderen Teams beim Spielen. Als es irgendwann langweilig wurde, legte ich mich aufs Feld und benutzte den Ball als Kopfkissen. Ich vergrub ihn halb in der Erde, so war es bequemer für meinen Nacken und der Ball würde nicht abrutschen können. Durch den wehenden Frühlingswind und dem Duft der Blumenwiese döste ich so vor mich hin. Ich dachte mir, wenn Markus käme, würde er mich sicher aufrütteln, doch er kam nicht und ich schlief vollständig ein.

Als ich wieder meine Augen öffnete, war es kurz nach 20 Uhr. Die Sonne war bereits untergegangen und die Felder standen leer. Ich war alleine.

Das Blöde an der Situation war nicht nur, dass mein bester Freund nicht kam, sondern dass es keine Lichter oder Laternen gab. Ich befand mich alleine in der Dunkelheit.

Länger konnte ich nicht mehr warten. Ich richtete mich wieder auf, grub meinen Fußball aus und blickte um mich. Der Wind war nicht mehr sommerlich angehaucht und schien regelrecht abgekühlt. Die Bäume, die Blumen und die Sträucher waren schwarz und baten jedem Schutz, der sich hinter ihnen verstecken könnte. Ich stellte mir in meiner kindlichen Angst vor, dass dahinter Monster wären, die hinter den Lücken des Gestrüppes nur darauf warteten, dass ich ihnen zu nahe kam. Sie würden mich verfolgen, jagen und töten.

Ich begab mich mit panischer Angst, die ich versuchte so gut wie möglich zu unterdrücken, auf den Feldweg. Dieser führte direkt zu meinem Opa. Es war vielleicht nicht die beste Wahl, aber die schnellste Route. Dort konnte ich meine Eltern anrufen.

Je weiter ich in den Feldweg hineinlief, desto enger wurde er. Um mich herum bewegten sich die schwarzen Blätter der Bäume und Sträucher und der kalte Wind schien mich fast schon abbremsen zu wollen. Es knisterte und raschelte. Mein Herz schlug so stark, dass ich das Gefühl hatte, jeden Moment das Bewusstsein verlieren zu können. Irgendwann beschloss ich zu rennen, um diese Landschaft ein für alle Mal hinter mir zu lassen. Nach wenigen Metern stolperte ich über eine Baumwurzel, die den Weg aufgerissen hatte und mein Ball kullerte in einen Busch hinein. Ich rappelte mich voller Panik wieder auf und blieb kurz stehen. Es war still geworden.

Ich ging mit sehr kleinen Schritten zu dem Busch, in dem mein Ball verschwunden war. Durch meine Angst konnte ich kaum große Bewegungen mehr machen. Ich schluckte einmal sehr laut, hörte auf Luft zu holen und konzentrierte mich nur darauf leise auszuatmen, während ich mich in den Busch bückte. Meine Hand hatte kaum ein Blatt an diesem Gestrüpp berührt, da raschelte etwas in den Büschen hinter mir. Das Rascheln bewegte sich von Busch zu Busch und kam immer näher. Etwas rannte scheinbar auf mich zu bzw. zu mir hin. Voller Todesangst rannte ich den Feldweg weiter, während dieses Etwas mein Tempo zu halten schien. Ich stolperte mehrmals leicht über abstehende Wurzeln oder streifte mich an abstehende Ästen, doch es bremste mich kein

Stück ab. Mein Adrenalin blendete alles aus.
Ich hörte plötzlich, wie es hinter mir aus den
Büschen herauskam und mir auf dem Feldweg
folgte. Es gab Laute von sich, die ich in meinem
ganzen Leben noch nie gehört hatte. Obwohl
ich diese Geräusche nicht kannte, hörten sie
sich nicht weniger bedrohlich an. Als wäre es
ein seltsames, unentdecktes Tier gewesen. Ein
Tier mit mehreren Armen und Beinen. Ich
traute mich zwar nicht zurückzusehen, aber ich
konnte hören, dass es auf mehreren Gliedern
lief. Wie eine Art großes Spinnentier. Das alles
machte es so verdammt angsteinflößend.
Plötzlich hörte ich ein Heulen vom Himmel. Es
war kein natürliches Heulen, eher ein
mechanisches Zurren. Wie eine Sirene aus den
Wolken. Ganz kurz leuchtete etwas giftgrün am
Nachthimmel.
Während ich nach oben blickte, prallte mein
rechter Fuß gegen eine abstehende
Baumverwurzelung und ich stürzte sehr heftig.
Meine Schulter schliff einen halben Meter die
grobe Oberfläche des Weges. Mein Knie schlug
auf die Verwurzelung auf und mein Fuß knickte
um.
Auf dem Boden gelandet, befand ich mich erst
einmal in einem Schockzustand. Als ich einen
tiefen Atemzug nahm und nach oben blickte,
lief dieses schwarze Ding, das mich verfolgt

hatte, über mich hinweg. Es hatte tatsächlich die Form einer riesigen Spinne, aber der Körper war etwas anders. Die gigantischen Beine dieses Tieres huschten regelrecht an mir vorbei. Ohne mich zu berühren, verschwand es wieder in der Dunkelheit.

Mit letzter Kraft richtete ich mich wieder auf und begab mich weiter auf den Weg. Ich humpelte und hoffte, dass es nun vorbei wäre. Das Geschehene hatte ich immer noch nicht ganz verarbeitet. Darüber, den restlichen Weg bis zu meinem Opa nachzudenken, half auch nicht weiter. Aber ich war erleichtert, die ersten Schritte auf seinem Grundstück zu machen. So wusste ich zumindest, dass ich irgendwo angekommen war. Auch wenn es immer noch sehr dunkel und furchteinflößend wirkte.

Ich war gerade dabei zu seinem Haus abzubiegen, als der Himmel auf einmal wieder giftgrün leuchtete. Mit der restlichen Kraft, die ich noch aufbringen konnte, rannte ich, so gut es mit meinem verstauchten Fuß ging, zur Tür meines Opas und klingelte wie verrückt. Nach einer kurzen Zeit ging das Licht an und er kam zur Tür. Ich hatte mich da schon so fest daran angelehnt, dass, als er mir dann endlich öffnete, ich praktisch direkt in seine Arme fiel. Er war erst einmal völlig perplex. *»Was ist passiert? Junge, geht es dir gut? Ich ruf deine*

Mutter an! Warte!«, sprach er völlig schockiert. Antworten konnte ich ihm nicht wirklich. Ich merkte, wie mein Körper langsam hinunterfuhr. Seine Worte verblassten in dumpfe Laute.

Als ich wieder zu mir kam, befand ich mich zugedeckt auf dem alten Bett meiner Mutter. Ich hörte, wie sich meine Eltern mit meinem Großvater unterhielten. Mein Opa versuchte, meine Mutter zu beruhigen, die völlig aufgelöst zu sein schien. Er sagte: *»Jetzt geht es ihm doch wieder besser! Er ist hier für heute Nacht gut aufgehoben und sollte sich erst ausruhen. Ich bringe ihn dann morgen zu euch!«*

Ich wollte mich eigentlich umdrehen und meiner Mutter auch versichern, dass es mir jetzt gut ginge, aber mir fehlte noch immer die Kraft. Also schloss ich erneut meine Augen und versuchte zu schlafen.

Es muss kurz vor Mitternacht gewesen sein, als ich aufwachte. Durch das Fenster, hatte mich das giftgrüne Leuchten am Himmel aus dem Schlaf gerissen. *Was konnte das nur sein?*, dachte ich.

Ich sammelte meine Kraft, stand auf und ging zur Haustür. Mein Großvater schlief anscheinend auch schon. Zumindest hörte ich ihn ziemlich laut schnarchen. Darum versuchte ich mich so leise wie möglich fortzubewegen, um ihn nicht zu wecken. Ich öffnete die Tür und ging hinaus auf den Hof. Ich blickte wieder nach oben, doch konnte nichts erkennen.

Ich lief einige Meter den Vorhof des Hauses entlang und vergewisserte mich, dass da auch wirklich nichts dort lauerte. Plötzlich raschelte es erneut in den Büschen. In der Ferne, auf der anderen Seite des Grundstückes, drückte etwas Gewaltiges die Sträucher nach unten und bewegte sich immer weiter auf das Haus zu. Ich lief zurück und verschloss die Tür. Mit dem Gedanken, dort Wache zu halten, bin ich dann irgendwann im Eingangsbereich eingeschlafen.

Am nächsten Morgen fand mich mein Großvater schlafend an der Haustür. Ich erzählte ihm, dass ich noch einmal auf der Toilette gewesen bin, ich dachte, jemand sei an der Tür und nachsehen wollte. Dann sei ich dort eingeschlafen.

Er machte mir ein leckeres Frühstück und wollte alle Einzelheiten zum gestrigen Abend wissen. Leider konnte ich ihm nicht mehr sagen als, dass ich auf Markus wartete, irgendwann Angst bekam und mich dann zu seinem Hof aufmachte. Unterwegs fiel ich und schleppte mich den Rest des Weges.

Er fuhr mich im Anschluss zurück nach Hause und ich verbrachte den Rest des Wochenendes im Bett.

Das Erste, was ich am Montag in der Schule tat, war Markus abzufangen. *»Wo warst du? Wo zur Hölle warst du?«*, fragte ich energisch. Er antwortete etwas traurig: *»Meine Mutter wollte unbedingt dieses Familienessen! Ich musste da auch mit! Ich habe versucht, dich zu erreichen, aber es ging keiner ran!«*

Ohne großartig nachtragend zu sein, verzieh ich ihm. Denn es gab Wichtigeres zu bereden. Ich sprach weiter: *»Als ich Freitag auf dich gewartet hatte, bin ich auf dem Acker eingeschlafen! Auf dem nächtlichen Weg ins Dorf hab ich ein riesiges, mutiertes Spinnending gesehen! Und der Himmel leuchtete grün!«*

Als ein Science-Fiction-Fan klappte ihm natürlich die Kinnlade herunter. *»Was? Verdammt! Wenn ich einmal nicht kann und dann so etwas!«*.

Ich tröstete ihn mit den Worten: *»Keine Sorge, mein Freund! Wir werden es diesen Freitag aufsuchen und diesmal bin ich besser vorbereitet!«*

Die folgenden drei Tage vergingen schleppend langsam. Die Vorfreude auf Freitag war viel zu groß. Wir fühlten uns wie kleine Indiana Jones. Entdecker auf einem gefährlichen Abenteuer. Aber alles musste so wie immer wirken. Also waren wir zum Teil auch Geheimagenten, die eine verdeckte Mission ausführten. Ja, meine Konzepte waren sehr fließend.

Als ich mich am Freitag erneut gegen 16 Uhr auf den Weg machte, war die Vorfreude so groß, dass ich die meisten Teile des Weges volles Tempo gab.

Plötzlich sah ich Markus. Er stand vor einem Metallzaun, der den Gehpfad zu den Feldern versperrte. Dort befanden sich Warnschilder. Scheinbar waren einige Bäume umgefallen und man durfte dort nicht mehr lang. *Verdammt, das war der einzige Weg.*

Ich packte Markus an der Schulter und forderte ihn auf, über die Absperrung zu klettern. Während er das tat, blickte ich die Straße ab, ob uns auch niemand sehen konnte. Als er auf der anderen Seite wieder hinuntersprang, kletterte ich schnell rüber. Wir rannten in den Waldweg hinein, welches uns vollständig abschirmte. Schon nach wenigen Metern sahen wir auch schon die ersten umgefallenen Bäume. Sie ragten teilweise auf den Waldpfad. Die Rinde hatte an ein paar Stellen eine eklige Flüssigkeit. Was auch immer diese Bäume umwarf, es war nicht der Wind. Wir rannten den Wald hinaus auf die Felder. Natürlich waren sie alle leer. Doch das Ackerland sah ziemlich unnatürlich aus. Mit großer Neugierde gingen wir den Hang herunter, während die Dunkelheit um uns herum langsam Einzug hielt. Die Erde war massiv aufgewühlt. Es wirkte so, als hätte jemand etwas Gigantisches über das Feld geschliffen. Und da war es wieder. Diese klebrige, blaue Substanz. Markus und ich nahmen mit einer Pinzette ein Stück von dieser merkwürdigen Flüssigkeit und legten sie auf meinen Schreibblock. Es schien sich zu bewegen. Zumindest bewegte es sich, wie eine Art Wackelpudding. Ich entfernte die Probe wieder von meinem Block und warf sie auf die Erde. Wir waren gerade dabei, die Einsenkungen auf dem Feld zu begutachten, als wieder dieses mechanische Heulen durch die Gegend hallte. Nur diesmal war die Wucht der Schallwellen dermaßen laut, dass sie in unseren Ohren dröhnte. Wir hielten sie, so gut es ging, zu. Markus sackte schreiend zusammen. Ich versuchte über das Feld auf die andere Seite zu gelangen. Ich dachte, mein Freund würde es mir gleich tun, aber dieser rührte sich nicht vom Fleck. In der Mitte des Feldes drehte ich mich nach ihm um. Das Zurren hatte gerade aufgehört und ich wollte wissen, ob es ihm denn gut ginge. Markus stand auf und blickte mich verstört an. In dem Moment leuchteten Lichter aufs Feld. Sie wirkten wie gigantische Scheinwerfer, die jedoch aus dem Wald kamen. Hinter Markus, auf der Spitze des Hanges, kam dann etwas hervor. Dieses riesige, schwarze Spinnentier rannte plötzlich auf uns zu. Ich rief voller Entsetzen: *»Duck dich!«*, worauf sich Markus auf den Boden warf. Das Spinnentier lief über ihn drüber und rannte scheinbar auf mich zu. Es fauchte und schrie auf eine Art und Weise, die sehr unbehaglich klang. Ich lief voller Panik in den Wald, auf die Lichter zu, die aber kurz darauf plötzlich verschwanden. Da dieses Ding noch immer hinter mir her war, versuchte ich erneut auf den Hof meines Großvaters zu gelangen. Es sprang erneut in die Büsche und versuchte mich von der Seite zu schnappen. Ich spürte, wie seine Arme nach mir schlugen und dabei immer wieder auf dem Boden aufkamen. Es fauchte immer lauter und wurde immer aggressiver. Ich spürte seinen Atem in meinem Nacken und die Wucht seiner Schläge in meinem Leib. Plötzlich holte mich sein vorderes linkes Bein ein. Ich bekam so einen Schrecken. Ich wusste, beim nächsten Schlag hätte es mich. Mittlerweile war sein rechtes Bein auf der anderen Seite nachgerückt und ich merkte regelrecht, wie ich langsamer wurde. *Es hatte mich. Verdammt.* Und da vorne war der Ausgang des Waldes. Dort wohnte mein Großvater. *War ich soweit gekommen, nur um* *jetzt zu sterben?*, fragte ich mich.

Sein Kopf berührte fast meinen Nacken und ich war gerade dabei aufzugeben, als plötzlich etwas von vorne auf mich zu raste. Ohne mich zu berühren, kam es an mir vorbei und schleifte dieses Spinnentier hinweg. Erleichtert preschte ich durch den Waldausgang zum Grundstück meines Großvaters. Ich erzählte ihm, dass mich ein wildes Tier im Wald gejagt hatte und dass Markus vermutlich noch auf dem Feld sei. Ohne eine Sekunde zu zögern, nahm er sein Jagdgewehr und rief: *»Du bleibst hier! Ich bringe ihn her! Du verschließt die Tür und lässt niemanden rein!«*

Mein Opa ging in den Wald hinein und kam knappe fünfundzwanzig Minuten später tatsächlich mit Markus wieder hinaus. Ich fragte ihn: *»Hast du es gesehen? Hast du es getötet?«*

»Ich hab mich etwas umgesehen, aber was immer dich angegriffen hat, es ist nicht mehr da!«, antwortete er.

Markus fragte ich nach der Spinne, aber er sagte, dass er sie nicht gesehen hätte. Er habe nur mitbekommen, dass etwas über ihn drüber gesprungen sei. Markus war völlig blass vor Angst. Mein Opa fuhr ihn mit dem Auto nach Hause. Ich wollte noch eine Nacht auf dem Land bleiben.

Ich beobachtete durch das Dachbodenfenster, wie sie ins Auto einstiegen und davonfuhren. Als sie weg waren, wollte ich gerade wieder nach unten gehen, als plötzlich ein seltsames Licht aus dem Wald schien. Es war kein Scheinwerfer und auch keine Reflexion. Es gab keinen Strahl ab. Nur ein heller und greller Punkt. Obwohl es sich nicht einmal bewegte und zu allem Möglichen gehören konnte, wusste ich, dass es für mich war. Denn es leuchtete in dem Moment auf, als mein Opa mit Markus weggefahren war. Es war nur für mich bestimmt.

Der Himmel über dem Grundstück färbte sich giftgrün und das Heulen kam wieder. Nur diesmal war es ganz nah. Es war über mir. Es war um mich herum. Ich sah, wie komische Gestalten dieses Spinnentier in ein sehr dunkles, undefinierbares Objekt packten. Das Ganze spielte sich im Wald ab, daher konnte ich nicht wirklich viel erkennen. Nur das Wenige, das zwischen den Bäumen, in der Finsternis, durchdrang. Ich presste mein Gesicht an die Fensterscheibe, um auch wirklich nichts zu verpassen, und beobachtete es mit so viel Interesse, dass ich eine andere komische Gestalt, die sich direkt vor mir auf dem Vorhof des Hauses befand, nicht bemerkt hatte. Ich zuckte so stark zusammen, als ich dieses Ding vor mir erblickte.

Es hatte die Größe eines kleinen Kindes und war kaum größer als ich damals. Das Wesen trug einen sehr dunkelgrauen Anzug und hatte keine Haare. Der Kopf war dermaßen groß, dass er kaum zu einem Menschen passte. Zwei große Augen, die im Sternenlicht grünlich schimmerten, blickten zu mir hinauf. Sie wirkten, wie die Augen eines Drachen, nur waren sie so verdammt friedlich. Eine Nase konnte ich nicht wirklich erkennen, aber einen Mund ohne Lippen. Komisch. So unbehaglich es gerade war, es schien mich anzulächeln. Es hob seine kleine Hand und winkte mir. Ich hob anschließend auch meine und winkte zurück. Plötzlich verschwand es. Mit einem Wimpernschlag. Als hätte es sich teleportiert. Im nächsten Moment heulte wieder die mechanische Sirene und ich konnte drei grell leuchtende Punkte in einer Dreiecksformation beobachten, die aus dem Wald aufstiegen. Sie schwebten einen kurzen Augenblick darüber und rasten anschließend mit einer ungeheuerlichen Geschwindigkeit in den Nachthimmel hinauf.

Irgendwie wusste ich, dass der Wald nun wieder sicher war. Er hatte es mir versichert. Nun ja, auf seine Art zumindest.

In den folgenden Tagen räumten die Förster die

umgefallenen Bäume weg und die Stadt gab die Felder wieder frei. Sie hatten alle keine Ahnung von diesen Geschehnissen und es interessierte sie auch nicht weiter. Zumindest hab ich dieses Spinnentier nicht mehr gesehen und das war die Hauptsache.

Ich denke, vieles passiert aus einem Grund. Man sollte immer versuchen, die positiven Aspekte, eines selbst so negativen Ereignisses zu sehen. Im Endeffekt war es ein verdammt geiles Abenteuer gewesen.

Für mich war, nach all dem, nur eines wichtig gewesen. Jetzt hatte ich einen Freund mehr. Einen Freund in den Sternen.

Im Schein

Anfang der 2000er, Mittelfranken

Meine Mutter arbeitete damals als ambulante Pflegekraft. Sie pflegte und betreute Senioren und half ihnen bei allerlei Tätigkeiten. Von der Hygiene, bis hin zu einem besseren Lebensgefühl. Ich bewunderte sie. So eine Tätigkeit konnte ich mir für mich nie vorstellen. Aber durch meine Mutter habe ich den größten Respekt vor sozialen Berufen entwickelt, auch wenn sie in der Gesellschaft nicht so hoch angesehen werden bzw. vergütet werden. So scheint es mir.

Ich war gerade elf geworden und musste öfter nach der Schule zu Freunden oder Verwandten, da meine Mutter meistens Überstunden machen musste. Alles wäre einfacher gewesen, wenn ich einen Vater gehabt hätte, der sich ebenfalls um mich kümmerte, doch dieser ging, als ich nicht einmal geboren war. Seitdem kämpfte meine Mutter für sich, für mich, für alle Hilfsbedürftigen.

Es war gerade Freitag, die Schule war zu

Ende und meine Mutter holte mich wie immer ab. *»Hallo, mein Schatz! Ich hoffe, du hattest einen schönen Schultag?«*, fragte sie mich mit einem Lächeln auf dem Gesicht, während ich gerade ins Auto einstieg. Selbst wenn es ein schlechter Tag gewesen war, verschwanden die grauen Wolken jedes Mal. Ich liebte meine Mutter über alles. Gerade weil ich wusste, dass nicht alles perfekt war und sie ganz oft überfordert schien. Trotzdem gab sie immer ihr Bestes, um doch noch alles irgendwie zu schaffen.

»Hey Mama, ja war alles super!«, antwortete ich mit einem leichten Lächeln.

»Das ist schön! Das freut mich, Schatz! Du, heute läuft es etwas anders! Eine von uns ist krank geworden und ich muss für sie kurz etwas erledigen! Sie pflegte eine alte Dame, die jetzt leider vor ein paar Tagen verstarb! Ich soll für sie kurz einspringen und unser Equipment von dort holen! Dann kommen noch ein paar Leute! Bestatter und so weiter und suchen ihr Kleider für die Bestattung aus, weil sie keine eigenen Verwandten mehr hat! Da müsstest du kurz mit! Ich hoffe, das geht in Ordnung für dich?«

»Klar, Mama!«
So machten wir uns also auf den Weg dort hin.

Während der Fahrt wechselte meine Mutter drei Mal den Radiosender, bis sie es schließlich ganz abstellte. *»Läuft auch nichts Gutes mehr!«*, sagte sie etwas enttäuscht. Obwohl ich gerade elf war, verstand ich, dass das eigentliche Problem nicht die Radiosender waren. Es war die Überforderung. Ich wünschte mir damals, dass ich ihr irgendwie helfen konnte, aber das lag nicht in meiner Macht. Es war dieses Leben.

Wir passierten die Stadt und kamen fast schon zum Ortsausgang, da fuhren wir entlang einer fast unbesiedelten Straße nach rechts, einen schmalen Weg entlang. Er führte uns durch Wiesen, zu einem alten Anwesen. Steinfassaden zierten das vollständige Grundstück und kapselten es so von der Natur ab. Inmitten stand ein altes, heruntergekommenes Haus, das so schien, als wäre es schon vor Jahrzehnten sanierungsbedürftig geworden. Es hatte zwei Etagen und einen separaten Dachboden. Es gab ein Zauntor aus Metall, welches aber weit offen stand. Dort fuhren wir auf den Vorhof des Hauses und parkten auf der linken Seite. Das Haus nahm nur einen sehr kleinen Teil im Zentrum des Grundstückes ein. Der Boden drumherum war sehr grob. Eine Mischung aus Stein und Sand. Hinter dem Haus ragte ein völlig verwucherter Garten hervor und umschloss etwas, was mal eine Terrasse gewesen sein musste. Zumindest sah es so aus. Ein alter, einzelner Tisch markierte den Bereich. Umringt von wild gewachsene Blumen und Unkraut, wohin man blickte.

»Ich gehe jetzt hinein! Halte dich bitte hier auf dem Hof auf! Gehe nicht weg vom Grundstück! Ich bin gleich wieder bei dir! Ist das Okay?«, fragte sie.

»Ja Mama! Mache dir keine Sorgen! Ich bin artig!«

Sie öffnete die Tür und ging in das Haus hinein. Ich blickte währenddessen den Garten an. Es war das einzig Sehenswerte, außerhalb des Hauses. Die Wände hatten definitiv eine Renovierung nötig gehabt. Die grobe Faserung war völlig heruntergekommen. Ich ging in den Garten hinein und sah mir die Terrasse an. Die Natur streckte ihre Fühler nach den Eindringlingen aus und es schien so, als ob sie sich ihren Besitz so langsam zurückholen würde.

Ich wischte den Staub von der Tischoberfläche. *Man, hier hatte seit einer halben Ewigkeit keiner mehr gesessen.* Ich überlegte ganz kurz, ob ich mich auf den Tisch setzen sollte, aber ich fürchtete, dass er dann vermutlich kaputt ginge. Vielleicht wollte ihn ja noch jemand abholen. Ich blickte auf die Rückseite des Hauses und

sah durch alle Fenster hinein. Im oberen
Stockwerk, ganz rechts außen, sah ich meine
Mutter. Sie stand mit dem Rücken zum Fenster
und sammelte irgendwas auf. Zumindest bückte
sie sich mehrmals. Ich suchte einen Stein
heraus und warf ihn an das Fenster. Es war nur
ein ganz Kleiner. Ich wollte, dass sie sich
umdrehte, damit ich ihr zuwinken konnte. Als
jedoch der Stein die Fensterscheibe traf, hörte
sie auf sich zu bücken und stand nun mit dem
Rücken zum Fenster. Ich wartete ein paar
Sekunden, doch sie stand nur regungslos dort.
Den nächsten Moment werde ich nie vergessen.
Plötzlich lief meine Mutter aus dem Haus und
kam zu mir. *»Schatz! Bleib doch bitte in der
Nähe des Autos! Dort kann ich dich besser
sehen! Hier hinten sehe ich dich nicht, wenn
ich das Zeug einpacke!«*
Ich verschluckte mich fast vor Angst. Wie
konnte das nur sein?
*»Bist du nicht im oberen Stockwerk gewesen,
Mama? Warst du da nicht?«*
Währenddessen sah ich hoch, doch die Gestalt
war nicht mehr am Fenster.
*»Nein, Schatz! Ich bin im Wohnzimmer, gleich
im Eingangsbereich! Durch das Fenster kann
ich direkt auf das Auto sehen!«*
»Ist noch jemand mit dir da drin?«, fragte ich
ängstlich.

*»Nein, Schatz! Keine Sorge! Wir sind gerade
alleine hier! Der Bestatter ist noch nicht
angekommen!«*
Ich wusste nicht, was ich sagen sollte oder wie
ich es sagen sollte. Meine Mutter ging wieder in
das Haus zurück und ich blickte panisch die
Fenster auf der Rückseite durch. Ich versuchte,
mir einzureden, dass nur eingebildet zu haben,
um mir meine Angst zu nehmen. Ich dachte
mir, vielleicht war es auch wirklich so.
Vielleicht hatte alles nur in meinem Kopf
stattgefunden. Schließlich stand an den
Fenstern gerade niemand mehr. Ich hielt kurz
inne. Atmete tief durch. Ich legte meine Hand
auf das Fensterbrett der ersten Etage. Ich
drehte mich um und wollte wieder vor das Haus
gehen. Während der Umdrehung sah ich eine
Person mit blassem Gesicht vor dem Fenster
stehen und mich anblicken. So nah, dass wenn
die Scheibe nicht wäre, die Person einfach nach
mir hätte greifen können. Ich sprang fast einen
Meter zurück und fiel dabei auf die alte,
hölzerne Terrasse. Voller Panik blickte ich zum
Fenster, doch es war weg. Ich spürte, wie mein
Herz so stark schlug, dass ich hätte vor Schmerz
weinen können. Als ich mich wieder
aufrappelte, merkte ich, dass ich den Tisch
umgeworfen hatte. Zum Glück stand nichts
drauf, sonst wäre es nun kaputt. Es war

ohnehin schon ein Wunder, dass der Tisch noch ganz geblieben war. Ich stellte ihn wieder in die Mitte der Terrasse.

Mit schnellen Schritten und einem fast schon lähmenden Angstgefühl ging ich wieder vor zum Hof und stellte mich an das Auto. Ich lehnte mich mit beiden Händen dagegen und sah in die Scheibe, in dessen sich das Haus spiegelte. Ich sah meine Mutter im Wohnzimmer, die gerade alles zusammenpackte, und ich versuchte mich nur darauf zu konzentrieren. Ich musste wieder herunterkommen. Ein Atemzug nach dem anderen füllte meine Lungen. Ich merkte, wie mein Puls wieder langsamer wurde.

Einbildung! Das muss es gewesen sein. Ich blickte also noch einmal in die Spiegelung an der Autoscheibe und wollte meine Mutter sehen. Sie stand in der Richtung des Fensters. Beruhigt konnte ich nun wieder aufatmen. Sie bückte sich, um etwas aufzuheben, und plötzlich stand etwas Schwarzes hinter ihr. Ich wendete meinen Kopf ruckartig von der Autoscheibe zum Haus und rannte los. Als ich jedoch vor der Fensterscheibe stand, sah ich nur sie in dem Zimmer stehen. Was war hier nur los?

Ich ging zu Boden und lehnte mich an die Außenwand. Ich legte mein Gesicht in die

Hände und versuchte wieder klarzukommen. Das Gesehene konnte unmöglich wahr sein. So etwas gab es doch nicht.

Meine Mutter kam aus dem Haus und bat mich den Kofferraum zu öffnen. Sie verstaute die medizinischen Geräte darin. *»Können wir jetzt endlich gehen?«*, fragte ich. *»Noch nicht! Wir warten noch kurz auf den Bestatter!«*, hatte sie erwidert. Sie lief erneut zum Haus und sah sich noch einmal um. Ich mied derweil jegliche Blicke dort hin oder zum Garten und hoffte nur, dass das Ganze bald vorüber sein würde. Als sie erneut die Behausung verließ, klingelte ihr Handy. Während sie sich kurz unterhielt, atmete ich noch einmal tief durch. *»Schatz! Das war der Bestatter! Scheinbar haben sie oben an der Straße geparkt und finden den Weg nicht her! Ich gehe sie schnell holen! Du bleibst bitte beim Auto! Ist das okay, Schatz? Egal was passiert! Du bleibst beim Auto! Ich bin gleich wieder da!«* *»Ja das mache ich, Mama!«* Sie gab mir den Zweitschlüssel für das Auto und lief aus dem Anwesen, die Straße hinauf. Ich setzte mich auf den Beifahrersitz und verriegelte die Türen. Ich schaltete das Radio an, um diese schreckenerregende Umgebung auszublenden, und versuchte mich nur auf die Musik zu konzentrieren. Ich wippte zur Musik und schnippte mit meinen Fingern. Es sah vielleicht albern aus, aber es half mir. Zumindest ein Stück weit.

Plötzlich rauschte das Radio. Ich öffnete meine Augen und sah in den Rückspiegel. Hinter dem Auto stand eine schwärzliche Gestalt. Ich zuckte zusammen und rutschte nach unten. Versuchte, so gut es ging, meinen Kopf zu verstecken. Das statische Rauschen hatte währenddessen nicht aufgehört. Ich hörte völlig verzerrte Laute aus dem Autoradio. Es war eine sehr dunkle, grässliche Stimme. Nur verstehen konnte ich sie nicht wirklich. Das Auto gab Geräusche von sich, als würde etwas die Karosserie zusammendrücken. Ich steckte meine Finger in die Ohren und versuchte, das alles auszublenden. Wenn ich es weder sehen, noch hören konnte, würde es weg sein, so dachte ich. Überraschenderweise war es, kurze Zeit darauf, auch weg. Ich blickte durch alle Autoscheiben und konnte nichts Unnatürliches mehr sehen. Ich blickte zum Tor und hoffte, dass meine Mutter bald zurückkommen würde.

Das statische Rauschen des Autoradios hatte sich nicht verändert. Also wechselte ich die Kanäle, doch es schien fast so, als würde es auf jeder Frequenz rauschen. Ich switchte irgendwann so schnell von Kanal zu Kanal, dass das Knacken fast schon ein eigener Song geworden war.

»Raus!«, rief plötzlich die Stimme, während des Frequenzwechsels. *Hatte ich mich nur verhört oder war das wirklich?* Ich switchte also dieselben Frequenzen immer und immer weiter, hin und her. »Raus! Verschwinde!«, drang durch die Lautsprecher am Auto. Für einen Moment war ich wie gelähmt und konnte meinen Blick kaum vom Radio nehmen. Ich blickte irgendwann nach links, aus dem Fahrerfenster und zuckte wieder zusammen. Die schwarz gekleideten Bestatter gingen gerade in das Haus hinein. *Ja, meine Mutter war wieder da*, dachte ich. Ich entriegelte die Türen und rannte ihnen hinterher in das Haus hinein.

»Mama? Mama, wo bist du?«
Es kam keine Antwort zurück. Plötzlich hörte ich jemanden im Obergeschoss flüstern. Die Dielen des Bodens knarrten runter in die erste Etage. Ich rannte also weiter in den Flur und dann die alte Holztreppe hinauf. *»Mama?«*
Doch auch jetzt fehlte eine Antwort.
Ich sah den einen Bestatter in das linke Zimmer am Ende des Flures gehen. Das war jenes Zimmer, wo ich zuvor die erste Gestalt am Fenster gesehen hatte. Ich dachte mir, dass

meine Mutter auch dort sein könnte, also rannte ich drauf los. Ich riss die Tür auf, doch sie war nicht da. Nur der Bestatter stand mit dem Rücken zu mir, vor dem Fenster. Er blickte hinaus. Die dunkle, grässliche Stimme kehrte wieder.

»Du bist ja noch immer hier!«

Mein Herz schlug schneller und Adrenalin schoss durch meine Adern. Er drehte sich zu mir um und ich blickte in sein Gesicht. Es war bleich, wie die eines Toten und er hatte dunkle, schwarze Augen ohne Pupillen.

Ich lief nach hinten und bemerkte, dass ein zweiter Bestatter gerade die Treppe hinauf kam. Also rannte ich links herum und raste die Holztreppe hinauf auf den Dachboden. Zum Glück gab es dort eine Tür mit einem Schlüssel. Ich versperrte sie und lief ins Ungewisse hinein. Um mich herum war es so dunkel, dass meine Angst mich fast umbrachte. Als ich in der Dunkelheit umherlief, stieß ich gegen eine Art Pendel und zuckte zusammen, dass mir die Tränen kamen. Ich langte dort hin und fühlte eine Art Seil. Ich zog daran und eine Glühbirne erstrahlte über mir. Es war eines dieser Lampen mit der komischen Schnur. Als der Dachboden angeleuchtet wurde, erkannte ich, dass die Fenster zugenagelt waren. Darum drang kein Licht hinein. Um mich herum befanden sich haufenweise alter Kartons. Auf den Dachbodenbalken befanden sich Kuscheltiere und Puppen. Ich langte zu einer hin und pikste mich daran. Mein Finger fing an zu bluten. Die Puppen waren mit Tausenden von Nadeln versehen. *Was war das für eine kranke Scheiße?* An den Wänden befanden sich komische Kreise und Sterne. Es lagen tote Tiere in den Ecken. Es gab rote Flecken an den Holzdielen. Ich blickte mich noch einmal genauer um und sah kleine Männer aus Stroh, die an dünnen Seilen von der Decke hingen. Plötzlich rumpelte es aus der zweiten Etage. Etwas rannte, in einem sehr schnellen Tempo, die Treppe hinauf auf den Dachboden und schlug mehrmals gegen die Tür. Es rumste und es krachte. Dann rannte es mit mehreren patzigen Schritten wieder hinunter und schlug sämtliche Türen auf der zweiten Etage auf. Die Angst schoss regelrecht durch meine Adern. Ich weinte und schluchzte. Plötzlich schrie etwas sehr animalisch und rannte wieder die Treppe hinauf zur Dachbodentür. Es fing an, sich dagegenzuwerfen. Es rumste immer schneller und schneller und wurde immer wuchtiger und wuchtiger. Ich rannte zu den verbarrikadierten Fenstern und versuchte die Balken zu entfernen, aber jemand hatte die Nagelköpfe abgeschnitten. Je lauter es wurde, desto schneller bewegten sich die hängenden Männer aus Stroh. Dann rannte es wieder die Treppe hinunter. Für einen Moment kehrte Stille ein. Doch auf einmal rannte es wieder los. Aber nicht erneut die Treppe hinauf und auch nicht auf der zweiten Etage umher. Es schien, als würde es mit einer hohen Geschwindigkeit an der Decke des zweiten Stockwerkes herumkrabbeln. Wie eine Spinne bewegte es sich unter mir und schlug dabei immer wieder an die Decke. Ich fühlte, wie es sich unter mir bewegte. Uns trennten nur dünne Holzdielen. Es gab erneut animalische Laute von sich. Voller Wut hämmerte es an die Decke bzw. auf den Boden, auf dem ich stand. Die Kartons fielen um und ein paar der Männer aus Stroh kamen von der Decke herunter. Ich verkroch mich in die Ecke und versuchte die Holzbalken am Fenster durchzuschlagen. Leider fehlte mir dazu mit meinen elf Jahren die Kraft.

Als ich gerade den letzten Versuch unternommen hatte, die Balken vom Fenster wegzubekommen, hörte das Krabbeln und das Getobe auf. Ich blickte voller Panik umher, da ich nicht wusste, was nun passieren würde. Die Glühbirne, die einzige Lichtquelle, die ich an diesem finsteren und schreckenerregenden Ort hatte, fing wenige Momente darauf an zu flackern.

Ich bewegte mich darauf zu, weil ich dachte, ich müsste die Birne nur etwas fester hineindrehen. Das hatte ich mal in einer Techniksendung gesehen. Kurz bevor ich die Birne auch nur berühren konnte, ging sie vollständig aus. Das Einzige, was zu diesem Zeitpunkt noch etwas Licht von sich gab, war dieser winzige Draht in der Birne. Ansonsten war alles in Finsternis versunken. Das Licht ging für eine kurze Sekunde wieder an. Ich sah wie etwas vor der Lampe stand. Eine riesige, schwarze Gestalt mit langen schwarzen Haaren, in einem langen Gewand. Das Gesicht so weiß, wie der erste Schnee und die Lippen in einem blassen Blau. Ich setzte einen Schritt zurück, stolperte und fiel rückwärts nach hinten. Währenddessen fing das Licht wieder an zu flackern. Die Gestalt war zwar weg, aber die Kuscheltiere und Puppen fielen nacheinander von den stützenden Holzbalken herunter. Dann ging das Licht wieder aus. Alles versank erneut in Finsternis.

Ich versuchte, so leise wie möglich zu atmen. Meine Augen verschließen wollte ich aber nicht. Auch wenn ich nichts weiter sah, gab mir das wenigstens ein bisschen das Gefühl von Kontrolle. Denn ich nahm wahr, dass sich Dinge in meinem Augenwinkel bewegten. Weiße Punkte, weiße Streifen. Ich hatte absolut keine Ahnung, was es war oder was es sein hätte können. Vielleicht war es aber auch nur meine Fantasie, die mir einen Streich spielte nach diesen traumatischen Erlebnissen. Irgendwann ging das Licht wieder an und leuchtete konstant weiter. Ich richtete mich auf und versuchte mir einen Überblick von meinem Umfeld zu verschaffen. Ich drehte mich fast einmal um mich herum und suchte mit meinen Augen jeden Winkel des Dachbodens ab. Als ich kurz davor war, erleichtert auszuatmen, sah ich eine Person in einem schwarzen Gewand. Sie saß in der einen Ecke des Dachbodens. Mittlerweile konnte ich nicht mehr genau sagen, wo sich links oder rechts befand. Wo hinten oder vorne war. Sie schien zu weinen.

»*Hallo?*«, fragte ich voller Angst in den Raum hinein, doch es kam keine Antwort zurück. Die Person, die ich als weiblich zu identifizieren glaubte, schien mich nicht einmal wirklich zu bemerken. Sie schluchzte weiter vor sich hin. Ich nahm einen tiefen Atemzug und das Licht ging währenddessen wieder aus. Als es ein paar Sekunden später wieder anging, stand die Frau direkt vor mir und grinste mich an. Augen hatte sie keine. Doch einen verzerrten, unnatürlichen Mund. Sie trug etwas auf dem Kopf, das aussah wie eine Art Trauerschleier.

Ich sprang aus Reflex ein paar Meter zurück und stieß dabei mit dem Rücken gegen eines der tragenden Holzbalken. Während ich hustend zu Boden ging, sah ich sie verschwinden. Sie verschwand mit dem ersten Flackern des Lichtes. So schnell, wie sie erschienen war.

Während ich versuchte, mich wieder aufzurichten war alles vorbei. Kein Flackern mehr. Die Geräusche aus der unteren Etage verschwanden ebenfalls. Es schien fast so, als wäre der Schatten abgezogen. Ich stand auf und konnte mein Glück gerade kaum fassen. Denn da sprach gerade meine Mutter.

Ich kannte ihre Stimme und das war sie eindeutig. *Ja! Sie war endlich wieder da.* Sie unterhielt sich gerade mit einem der Bestatter. Wahrscheinlich wunderte sie sich, dass ich nicht mehr im Auto saß. Ich schluckte einmal tief, nahm allen Mut zusammen, schaltete das Licht wieder aus und ging zur Dachbodentür. Ich sperrte auf und rannte die Treppe hinunter in das Obergeschoss. Die Türen standen zwar alle offen, doch es gab keine Präsenz mehr. Ich lief voller Freude den Flur entlang und nahm dann die letzte Treppe in die erste Etage. Da hörte ich meine Mutter gerade viel lauter, als noch oben. Also musste ich ihr näher gekommen sein. Ich huschte durch die Tür

nach draußen. Im Vorhof standen sie nicht.
Aber ich hörte sie immer noch reden. Es kam
von der anderen Seite des Hauses.
Wahrscheinlich zeigte meine Mutter gerade
den Garten. Also lief ich um das Haus herum.
Dabei hörte ich ihre Stimme so verdammt nah,
dass ich fast losweinen hätte können. Als ich
dann die Terrasse und den Garten erblickte,
waren die Stimmen verstummt. Ich hörte sie
nicht mehr.
Ich blickte panisch um mich und bekam fast
einen Schock, als ich es sah.
Eine einzelne Kerze, die in einem alten
Kerzenhalter stand, brannte auf dem Tisch.
Mich überkam das pure Grauen. Es fühlte sich
so an, als ob das Haus mich umschloss. Die
Angst hatte mich eingehüllt und das wirklich
Erschreckende an der ganzen Sache war, dass
ich nicht einmal mehr wusste, was ich tun
sollte.
»*Schatz?*«, rief ihre Stimme plötzlich vom
Vorderhof, doch ich hatte so eine wahnsinnige
Angst mich umzudrehen. Es kam immer weiter
auf mich zu. Und je näher es kam, desto mehr
merkte ich, dass es nicht meine Mutter war.
Obwohl es mich gleich hatte, traute ich mich
noch immer nicht zurückzusehen.
Ich glaube, das war der Moment, in dem ich
aufgegeben hatte.

Ich merkte, wie die Schritte immer lauter wurden. Es war so verdammt nah. Bis dann plötzlich wieder jemand rief.

»Schatz? Wo steckst du? Schatz?«

Diesmal war es meine Mutter. Das hörte ich an ihrer Stimmlage. Ich drehte mich sehr langsam um und sah einen der Bestatter in das Auto blicken. Oh mein Gott, das waren sie wirklich. Die Echten. Als ich den Garten verließ, wandte sich mein Blick dem rechten Fenster der oberen Etage zu. Dort sah ich die Gestalt, in Form des Bestatters wieder. Er blickte auf mich hinunter. Jedoch war er in einem kurzen Augenblinzeln wieder verschwunden. Ich rannte mit meiner letzten Kraft zum Auto und dort standen sie wirklich. *»Mama!«*, schrie ich den Tränen nahe und warf mich in ihre Arme.

»Oh mein Gott! Was ist passiert mein Schatz?«

»Es ist das Haus, Mama! Ich war da drin! Es ist furchtbar!«

»Was ist passiert, Schatz?«

»Ich dachte, ihr wart da, aber dann wart ihr nicht da und dann war da dieser Mann, der aussah wie ein Bestatter! Der jagte mich auf den Dachboden und es war so furchtbar!«, da fing ich an Rotz und Wasser zu weinen. Während mich meine Mutter immer fester umarmte, kam der eine Bestatter immer näher. Er bückte sich zu mir hin und fragte: *»Was hast*

du genau gesehen?«
Ich blickte meine Mutter an, denn verstehen
konnte ich sein Interesse an der Sache nicht.
Meine Mutter sagte mir: *»Schatz, das ist Pater
Hermann! Er ist auch für das
Bestattungsunternehmen zuständig! Er wollte
heute das Haus segnen, da die verstorbene
Frau … Sie hat … Jedenfalls sind hier
anscheinend schon viele merkwürdige Dinge
passiert und deswegen ist Pater Hermann mit
dabei! Er macht, dass die bösen Dinge
weggehen!«*
Pater Hermann nahm meine Hand und lächelte
mir zu. Ab da wusste ich, dass mir auch das
Dunkle nichts mehr anhaben konnte. Er sagte,
»Gut, rein!«
Die zwei anderen Bestatter gingen als Erstes
hinein. Der Erste schien relativ normal auf die
ganze Sache zu reagieren, doch der zweite
dahinter, der nach ihm das Haus betrat, sah
mich etwas komisch an. Ich dachte zuerst, dass
ein Geist hinter mir steht, also drehte ich mich
kurz panisch um, doch da war nichts. Er sah
mich jedoch trotzdem weiter an, ehe er in das
Haus hinein verschwand.
Als beide dann drinnen waren, ging Pater
Hermann auch hinterher. Meine Mutter und ich
warteten draußen. Was sie auch taten, es
dauerte ziemlich lange. Irgendwann kamen die

zwei Bestatter mit zwei, drei Kleidungsstücken für die Beerdigung wieder hinaus. Sie verabschiedeten sich von meiner Mutter und liefen schon mal zu ihrem Auto hoch.
Zumindest verabschiedete sich der eine. Der andere, der Unhöfliche, der mich die ganze Zeit angestarrt hatte, tat es auch weiterhin und ging ohne ein Wort zu sagen.
Kurz darauf kam dann auch Pater Hermann wieder hinaus, segnete die Eingangstür und sperrte sie ab. Er ging zu meiner Mutter, nahm ihre Hände und sagte, dass wir alle nun gehen könnten. Wir stiegen in unser Auto und fuhren wieder zurück. Obwohl meine Mutter jede Einzelheit, des heutigen Tages wissen wollte, hatte ich fast keine Kraft mehr. Ich sagte ihr, dass ich es ihr die kommenden Tage, in Ruhe, erzählen würde. Sie streichelte mir meinen Kopf und sagte, dass es schon in Ordnung wäre.

Eines weiß ich aber auch noch ziemlich genau von diesem Tag. Irgendwann fragte ich meine Mutter:
»Mama, der zweite Bestatter, der war aber richtig unhöflich! Er hat uns nicht gegrüßt und auch nicht Tschüss gesagt!«
»Der zweite Bestatter? Meinst du Pater Hermann?«
»Nein, den anderen von den Bestattern!«

»Schatz, es gibt keine zwei Bestatter! Es war
Pater Hermann und ein Bestatter!«

Der teilende Bach

Ende der 1950er, Südtürkei

Der Herbst hatte jedes noch hängende Blatt von den Bäumen geholt und der Winter schien langsam Einzug zu halten. Es waren die schwierigsten Monate für mich, denn mein Schulweg maß fast fünf Kilometer durch zwei Dörfer und eine kleine Provinz. Zwischen dem letzten Dorf und der Provinz gab es ein kleines Waldstück. Das war der steinigste und unheimlichste Pfad, denn er war so gut wie verlassen. Die Bauern waren die einzigen, die diese Strecke benutzten. Einmal in der Woche brachten sie ihren Markteinkauf, über den Waldweg, zu sich nach Hause. Ab und zu gab es auch Wanderer, aber das eher selten. Die Menschen schätzten vermutlich ein Zuhause mehr als Abenteuer. Ich wünschte, es hätte mehr Schülerinnen oder Schüler aus meinem Dorf an dieser Schule gegeben, so hätten wir diesen Weg immer gemeinsam laufen können. Doch dem war leider nicht so.

Die Geschichte begann an einem Abend

im Januar. Der Hausmeister hatte gerade die Schulglocke geläutet und wir durften endlich gehen.

Es war ein sehr langer Tag gewesen und ich wollte wirklich schnell nach Hause. Gerade weil es immer so früh dunkel wurde, war ich um diese Zeit noch ungern unterwegs.

Ich war gerade am ersten Dorf vorbei, da bemerkte ich eine Bedrückung. Es war nicht nur die Dunkelheit, die sich immer weiter ausbreitete, es war zudem noch ein Gefühl. Etwas Beklemmendes. Es schien mir ein Schatten zu folgen, der an meiner Energie zehrte. Das alles bereitete mir noch mehr Unbehagen, worauf ich versuchte, schneller zu laufen.

Als ich im zweiten Dorf ankam, war diese Aura so stark, dass mich die Menschen alle ansahen. Sie sahen mich an, als wäre ich ein Fremdkörper gewesen. Etwas, was ihre Aufmerksamkeit auf mich lenkte. Je mehr ich mich da hineinsteigerte, desto schlimmer wurde es. Die Leute mussten gedacht haben, dass ich verrückt sei, als ich völlig paranoid in den Wald hinein lief.

Obwohl mir dieser Wald, gerade an diesem Tag, sehr viel Angst bereitete, war er mehr oder weniger die letzte Etappe des

Heimweges. Wenn ich diese zwanzig Minuten, durch den Wald, überstanden hatte, kam noch die Provinz und dann war ich schon so gut wie Zuhause.

Der Wald wirkte in der Abenddämmerung sehr mystisch. Aber nicht im Stile von Feen und Elfen. Eher im Stile von Monstern und dunklen Fabelwesen. Da ihn so wenige benutzten, schien er zudem noch sehr natürlich geprägt. Die Äste wuchsen so, wie es ihnen die Natur vorgab. Die Büsche breiteten sich unkontrolliert aus und formten ihre eigene kleine Welt.

Auf halbem Weg, durch dieses unförmige Gewächs, floss ein kleiner, schmaler Bach den Berg hinunter. Dieser kreuzte meinen Waldpfad gleich an zwei Stellen. Etwas oberhalb des Weges teilte sich das Wasser in zwei schmalere Strömungen und beide kreuzten den Weg, im Abstand von etwa zwei Metern. Ich hüpfte erst über den ersten Strom und dann, zwei Meter weiter, über den Zweiten. Bei Erwachsenen reichte wahrscheinlich nur ein einziger, großer Schritt. Bei mir musste ein Hüpfer her.

Ich hatte den zweiten Strom gerade übersprungen, da raschelte etwas ziemlich schnell und laut in den Büschen, oberhalb des

Waldweges. »*Hey, du! Warte!*«, rief jemand zwischen den Bäumen hervor. Ich blickte mit Angst, womöglich gleich entführt zu werden, durch die Gegend, doch konnte niemanden sehen.

»*Wieso hast du es denn so eilig?*«, fragte er weiter.

»*Wer bist du?*«, antwortete ich.

»*Ich? Ich bin ein Freund! Ich kenne dich! Du gehst doch hier immer zur Schule entlang! Ich habe dich schon oft gesehen!*«

»*Ja, das tue ich! Ich hab dich aber noch nie gesehen! Ich kenne dich nicht!*«

»*Ja, ich zeige mich nicht gern! Aber ich liebe es hierzubleiben und zu beobachten! Und mit großer Freude habe ich immer dich beobachtet!*«

Ich war einen kurzen Moment still. Mir fehlten die Worte und ich fühlte mich sehr unwohl.

»*Aber nein! Du brauchst dich doch nicht vor mir zu fürchten! Ich bin doch ein Freund!*«, sprach es, als hätte es meine Gedanken gelesen.

»*Ich werde jetzt weiter gehen! Ich wünsche euch noch einen schönen Abend!*«, sagte ich in leichter Panik und war gerade dabei weiterzulaufen, als es dann wieder antwortete.

»*Wieso? Ich habe dir doch gar nichts getan!*«

»*Aber dieses Gespräch macht mir Angst! Ich*

mag es nicht, Gespräche zu führen, die mir
Angst machen!«
»Wie wäre es dann, wenn du aufhörst Angst zu
haben? Ich bin doch hier oben und du dort
unten! Was kann ich dir, von hier, denn bitte
antun?«

Ich merkte, wie sich etwas zwischen den
Bäumen, oberhalb des Weges, hin und her
bewegte. Wie ein Schatten, der sich zwischen
den Stämmen hindurchschlängelte. Das
Merkwürdige war, dass es den zweiten
Wasserstrom des Baches nicht passierte. Als
wäre da eine imaginäre Grenze gewesen.
»Wieso kommst du nicht näher zu mir?«, fragte
ich darauf skeptisch.
»Wieso kommst du nicht zu mir hinauf?«,
antwortete es völlig gelassen.
Plötzlich flogen kleine Steine auf den Weg
hinunter, die mich nur knapp verfehlten. Ich
wich zurück und rief wütend: »Was soll das?
Das ist nicht mehr komisch! Du hättest mich
treffen können! Es reicht mir! Bitte lass mich
jetzt in Ruhe! Ich gehe nach Hause!«
»Aber deine Mutter ist doch gar nicht daheim?
Was willst du dort alleine? Wäre es nicht
besser, du bliebest noch etwas hier? Wir
könnten noch etwas Spaß haben! Ich könnte dir
den Tag nennen, an dem du stirbst! Oder den
Todestag von jemand anderen aus deiner

Familie!«, sprach das Wesen in einem ruhigen Tonfall.

»Woher weißt du das? Das mit meiner Mutter?«

»Ich habe dir doch gesagt, dass ich gerne beobachte!«

»Aber wenn du immer in diesem Wald bist, wie kannst du Dinge von außerhalb sehen?«

»Ich kann von hier aus alles sehen, was ich sehen mag! Ich kann in die Zukunft sehen, ich kann in die Vergangenheit sehen! Ich kann sehen, was gerade passiert!«

»Dann habe noch viel Spaß dabei! Ich gehe!«

»Wieso fühlst du dich für den Tod deiner Mutter verantwortlich? War es nicht dein Recht zu leben?«

Ich hielt kurz inne. Wie konnte es davon wissen?

»Sie starb und du lebtest weiter! Das war doch ein guter Deal?«, spottete es zynisch.

»Halt dein verdammtes Maul!«

»Habe ich dich erzürnt? Bist du jetzt wütend? Aber wieso? Ich nenne hier nur Tatsachen! Sie starb, damit du leben konntest! Darum wird sie auch nie nach Hause kommen! Darum meidet dich dein Vater, so gut es geht, und hängt nur noch in Cafés oder bei der Arbeit herum! Weil du ihn daran erinnerst! Aber zum Glück hast du ja deine Tante! Sie kümmert sich doch so liebevoll um dich! Du weißt schon! Die

Schwester der Frau, die für dich starb!«
Ich brach kurz in Tränen aus. Nicht nur trafen
mich die Worte sehr schwer, sondern ich hatte
das Gefühl, dass dieses Wesen Kontakt zum
Leben nach dem Tod hatte und so nah wie jetzt,
stand ich meiner Mutter noch nie.
»Ist sie bei dir? Kann ich sie etwas fragen?«,
wollte ich wissen.
»Was möchtest du sie denn fragen?«
*»Ich möchte wissen, ob es ihr gut geht? Ich
möchte wissen, ob sie weiß, obwohl ich sie nie
kannte und nie kennen werde, wie viel Liebe
ich für sie im Herzen trage! Ich möchte ihr
sagen, dass ich sie gern einmal umarmt hätte!
Und sei es auch nur ein sehr kurzer Augenblick
gewesen! Ich wünschte, sie wäre am Leben
geblieben und ich würde mit ihr aufwachsen!
Würde sie fühlen, ihre Wärme spüren! Ich
hoffe, sie sieht herab und ist stolz auf mich!«*,
seufzte ich.
*»Das ist ja sehr rührend! Wieso richtest du es
ihr nicht einfach selber aus?«*
»Wie denn das?«
*»Ganz einfach! Du kommst zu mir hier hinauf!
Dann kannst du mit ihr persönlich reden! Ich
bin leider so alt und gebrechlich, ich schaffe es
nicht hinunter auf den Weg! Aber du! Du bist
jung! Komm einfach hier hinauf!«*
»Woher weiß ich, dass das wahr ist?«

*»Das tust du nicht! Aber ich bin deine einzige
Chance mit ihr zu reden! Willst du es
tatsächlich verpassen?«*
Ich wurde still und das Wesen schien nun auch
keinen Laut mehr von sich zu geben. Ich
wischte mir meine Tränen von der Wange und
versuchte wieder klar zu denken. Durch die
Bäume konnte ich es noch erkennen. Das
Wesen wandelte noch immer dort oben umher.
»Wie lautetet deine Entscheidung?«, fragte es.
»Meine Mutter ist nicht bei dir!«, entgegnete
ich.
*»Wenn du die einzige Möglichkeit, mit deiner
Mutter zu reden, einfach so verstreichen lassen
willst! Wie du magst! Ist ja schließlich deine
Mutter!«*
*»Beantwortest du mir eine Frage, auf ehrliche
Weiße, wenn ich sie dir stelle?«*, wollte ich
wissen.
»War ich bis jetzt nicht immer ehrlich zu dir?«,
stellte das Wesen als Gegenfrage.
*»Wieso kannst du diesen zweiten Teil vom Bach
nicht überschreiten?«*
»Wieso sollte ich das nicht können?«
*»Weil du dich, seit guten zwanzig Minuten, nur
dahinter bewegt hast?«*
»Vielleicht mag ich ja diesen Teil des Waldes!«
*»Was hindert dich daran, auf die andere Seite
zu kommen? Was hindert dich daran, auf*

meine Seite zu kommen? Fürchtest du dich?«
Plötzlich war das Wesen still. Ich wusste nicht,
ob ich es gekränkt oder verärgert hatte.
Jedenfalls gab es die ersten vierzig bis siebzig
Sekunden keine Laute, geschweige denn
Antworten von sich.
Ich drehte mich um und war gerade dabei nach
Hause zu gehen, als es dann, in einem
bedrohlichen Ton sein Schweigen brach.
»Möchtest du es herausfinden?«
Jetzt war ich verängstigt, denn das Wesen war
darauf erneut stumm. Diesmal wusste ich, dass
ich es wütend gemacht hatte, aber nicht, wie es
jetzt reagieren würde. Ich wartete, mehre
Minuten, das Geschehen ab. Ob nun mehr
Steine flogen oder es noch schlimmere
Ausmaße annehmen sollte. Doch es passierte
nichts.
»Bist du noch da?«, fragte ich verunsichert.
»Ich bin ganz in deiner Nähe!«, erwiderte es.
Plötzlich sprach eine andere Stimme aus den
Büschen. Es rief meinen Namen. Aber diesmal
schien es eine Frau zu sein.
*»Mein Kind, bist du es? Mein Kind? Wie
glücklich ich bin, dich hier zu haben! Komm
rauf zu mir mein einziges, liebevolles Kind! Ich
sehnte mich all die Jahre nach dir!«*, rief die
Stimme mir, durch die Bäume, zu.
So viel Angst ich auch vor dem Wesen hatte,

irgendwas zog mich in seinen Bann. Vielleicht war es auch nur die Sehnsucht nach meiner Mutter gewesen, aber irgendwas hatte es an sich. Ich war gerade dabei den ersten Schritt auf die andere Seite des Baches zu setzen, da kam eine Dorffrau, die scheinbar durch den Wald wanderte, angerannt und zog mich wieder zurück auf meine Seite des Baches. *»Hör nicht darauf! Niemals! Das ist ein Dschinn! Ein unreines Geschöpf!«*, sagte sie mir energisch. *»Komm, ich bringe dich in die Provinz! Ich habe dort sowieso noch etwas vergessen! Das kann ich gleich abholen!«*

»Willst du mich tatsächlich schon verlassen?«, fragte das Wesen.

Als ich nicht mehr antwortete, schob es die Büsche zur Seite und kam aus seinem Versteck hinaus. Es war ein großes schwarzes Wesen mit langen, dürren Armen, die bis zum Waldboden ragten. Sie pendelten hin und her, als dieses Ding plötzlich auf mich zu rannte und dabei schrie:

»Deine Mutter hab ich nicht bekommen! Aber dich werde ich bekommen!«

Die Dorffrau zog mich daraufhin weg vom Bach und stellte sich vor mich. Sie umarmte mich und verdeckte dabei meine Sicht auf das Wesen.

»Hör nicht hin! Es ist gleich vorbei!«, sagte sie

mit einer beruhigenden Stimme.

Ein paar Augenblicke später war das Wesen tatsächlich weg und die Bedrückung schien auch vorbeigezogen zu sein. Die Dorffrau nahm mich an der Hand und führte mich weiter in die Provinz.

»Ich kenne diese Wälder sehr gut! Hier darf man nicht zu lange verweilen! Es ist kein schöner Ort! Er kann gefährlich sein!«, sagte sie mir.

»Ich habe total vergessen, mich bei Ihnen zu bedanken! Wären sie nicht gekommen, dann weiß ich nicht, was passiert wäre!«

»Du brauchst dich nicht zu bedanken, mein Engel! Ich würde für dich alles riskieren!«

Ich war für einen kurzen Moment still. Das konnte mein Gehirn nicht gleich verarbeiten. Sie nahm und drückte mich ganz fest an sich.

»Shh, es ist alles gut mein kleines Kind! Ich werde immer da sein und auf dich aufpassen! Und du kannst gar nicht erahnen, wie stolz ich eigentlich auf dich bin! Ich kenne deine Laster und ich begleite dich so lange, wie ich nur kann!«

Ich brach erneut in Tränen aus, seufzte, stotterte und versuchte mich zu sammeln. Nicht einmal ein simples *Mama* brachte ich mehr heraus. Ich war so überwältigt.

Sie sagte: *»Da vorne ist der Eingang in die*

*Provinz! Schau! Da! Lauf dahin! Lauf nach
Hause! Und wisse, dass ich immer bei dir sein
werde! Bei deiner Zeugnisvergabe! Bei deinem
Abschluss! Ich werde jeden glücklichen und
traurigen Moment mit dir teilen! Mein liebes,
wundervolles, tolles, kreatives Kind!
Und irgendwann werden wir uns wieder sehen!
Ich hoffe noch nicht so bald! Aber wir werden
uns wieder sehen!*«
Während ich versuchte, mich zu sammeln,
verschwand sie in meinen Armen und plötzlich
befand ich mich wieder alleine auf dem
Waldweg. Erneut wurde ich emotional und
brach in Tränen aus.

Es dauerte eine sehr lange Zeit, bis ich das
Geschehene verarbeitet hatte. Als ich
irgendwann akzeptierte, wie es ist und wie es
war, fing für mich praktisch ein neues Leben
an. Ich hatte das Schlechte, was mir
widerfahren war, zusammen mit dem Guten, an
jenem Tag, als ein Teil von mir gesehen. Es
gehörte nun zu meiner Geschichte. Ihre Worte
gaben mir einen enormen Pusch nach vorne.
Ich war nicht mehr das traurige und einsame
Kind. Mein Selbstwertgefühl stärkte sich und
selbst wenn mein Vater, noch immer in seinem
Trott feststeckte und mir auf seine Art leidtat,
wollte ich nicht so enden wie er. Ich wechselte

kurz darauf die Schule und zog zu meiner
Tante. Mit ihrer Unterstützung konnte ich bald
zu einem der besten Hochschulen des
Bundeslandes wechseln.

Bei der Abschlussfeier waren sie alle da. Meine
Tante und mein Onkel waren ganz gerührt, als
ich gerade dort oben stand. Mein Vater lächelte
mir entgegen und ich wusste, dass sie auch
anwesend war, auch wenn ich sie nicht sehen
konnte. Sie war an diesem Tag dort, als eine der
stolzen Mütter. Nach meinem Abschluss zog ich
in die Großstadt, um zu studieren. Ich ging in
die Welt hinaus und bin stolz auf alles, was ich
bisher erreicht habe und das alles nur dank
einer Person, die ich niemals kennenlernen
durfte.

Der alte Mann

Mitte der 2000er Jahre, Raum Tübingen

Es war ein ganz gewöhnlicher Abend,
kurz vor dem Wochenende. Mein Arbeitskollege
Ralf und ich waren Elektriker für ein damals
kleines Unternehmen.
An diesem besagten Abend fuhren wir, kurz vor
Feierabend, durch den Drive-in einer Fast-
Food-Kette. Ralf besorgte dort das Abendessen
für seine Kinder. Ich kaufte auch noch etwas
für meine Freundin. Sie war zu diesem
Zeitpunkt im sechsten Monat schwanger.
Wir bestellten, bezahlten und nahmen die
vollgepackten Tüten entgegen. Als wir aus dem
Einkaufsblock hinausfuhren, klingelte dann das
Diensthandy. Es kam noch ein Auftrag herein.
Den sollten wir noch kurz erledigen und
könnten dann gleich im Anschluss nach Hause.
Während die Nacht hereinbrach, führte uns
unser Weg ans andere Ende der Stadt. Komisch.
Obwohl ich hier fast fünfzehn Jahre gelebt und
gearbeitet hatte, waren mir die Straßen dort
völlig fremd. Es war eines dieser Stadtteile, die

man kannte, aber nicht unbedingt besuchte. Aufträge von dort gab es auch so gut wie nie.

Als wir in der Gegend ankamen, war die Nacht bereits angebrochen. Die Scheinwerfer des Autos geleiteten uns durch die Dunkelheit zu diesem merkwürdigen Haus. Ich fragte Ralf, was das denn für eine Einrichtung sei und er antwortete: *»Ein Seniorenheim!«*
Es war nicht hässlich, aber es wirkte etwas bedrückend. Wie die Ecke eines Raumes, die nie von Sonnenlicht angestrahlt wurde.
Wir parkten unser Auto und liefen, durch den Eingang, hinter zur Verwaltung. Dort saß eine junge Frau, die sich als Leiterin vorstellte. Ich erzählte ihr, dass wir die Elektriker seien und wir einen Auftrag bekommen hätten.
»Stimmt, Ja! Es geht um ein Zimmer im obersten Stockwerk! Dort scheint es eine Störung zu geben! Wir haben alles versucht, aber das Problem lässt sich nicht beheben!«, sagte sie freundlich.
»Nun gut, dann schauen wir es uns einmal an! Wir holen kurz unser Material!«
Ralf holte die Leiter, zusammen mit dem Werkzeugkasten aus dem Auto, während ich ein paar Dokumente unterschreiben sollte. Es ging um versicherungstechnische Sachen. Das übliche Prozedere.
Als sie gegenzeichnete, achtete ich auf ihre

rechte Hand. Das mag merkwürdig klingen, aber ich liebte es, Menschen auf die Hände zu blicken und zu prüfen, ob diese verheiratet waren oder nicht. Auch wenn ich eine Freundin hatte, blieb dieses kleine Spiel aus meiner Jugend noch haften. Ich konnte es nicht abstellen.

Sie trug einen. Einen Silbernen, ohne großartige Verzierungen. Einfach und schlicht. Ich hatte auch schon andere Variationen davon gesehen. Manche trugen ihn an der linken Hand. Manchmal war gar kein Ring da, aber eine Rötung am Finger, die zeigte, dass sie ihren Ring für die Arbeit an- und absteckten. Es ist ein merkwürdiger Tick.

Ralf kam mit unseren Sachen wieder hinein und die Einrichtungsleiterin führte uns anschließend in den Aufzug.

»Wie finden sie unsere Einrichtung bis jetzt? Wir versuchen unseren Senioren den besten Komfort zu bieten!«, fragte sie uns.

Ich räusperte mich, während Ralf höflich antworte: *»Ja, es hat durchaus Stil! Wäre vielleicht auch einmal etwas für mich! Später!«*

Der Fahrstuhl piepte und die Türen öffneten sich. *»So, bitte folgen sie mir!«*, sagte sie und führte uns fast zum Ende des Korridors. Dort schloss sie eine Tür auf. *»Da drin ist das Problem!«*

Hinter der Tür befand sich eine kleine Seniorenwohnung, die vollständig eingerichtet war. Im Flur hingen Strickjacken und Mäntel. Es gab einen großen Spiegel. Daneben war die Tür ins Badezimmer, das ziemlich pfleglich wirkte. Ich schaltete das Licht des Flures an. *»Das scheint mir normal!«*, sagte ich.
»Es ist auch nicht das Licht! Bitte kommen Sie mit! Es ist das Licht im Wohnzimmer!«
Dort angekommen, drückte sie den Schalter. Das Licht ging daraufhin zwar an, aber es flackerte ununterbrochen. *»Ah, die Birne hat wahrscheinlich nur einen Hänger! Das haben wir gleich!«*, sagte Ralf und war gerade dabei eine Neue aus dem Werkzeugkasten zu suchen, als ihn die Leiterin kurz unterbrach und mit ihrem Finger auf den Tisch zeigte. Dort befand sich eine Kiste voller Glühbirnen. *»Wir haben jede Einzelne davon eingesetzt! Es flackerte bei jeder!«*
»Dann ist es der Kontakt in der Fassung! Das hab ich gleich!«, sagte Ralf und ging zum Verteilerkasten der Wohnung. Er stellte den Schalter auf Aus. Als es in der Wohnung dann dunkel wurde, schaltete ich meine Taschenlampe an und beleuchtete das Wohnzimmer. Ralf stellte die Leiter unter die Lampe und stieg hinauf. Er drehte zuerst die Glühbirne heraus und gab sie mir. Mit einer

Zange richtete er das Innere wieder. *»So jetzt sollte wieder alles funktionieren!«*, sagte er, drehte die Birne wieder hinein und forderte mich auf, den Schalter umzulegen. Ich ging zum Verteilerkasten und machte es wie gefordert. Das Licht im Flur ging darauf wieder an. *»Ist das Wohnzimmer okay?«*, fragte ich rüber. *»Ja, passt wieder alles!«*, antwortete er. Die Leiterin ging aus der Wohnung und wartete im Flur, während wir unser Equipment zusammenpackten. *»Jetzt endlich Feierabend!«*, sagte ich, während wir die Lichter der Wohnung ausstellten.

»Vielen Dank für ihre Hilfe! Ich begleite sie noch hinaus!«, hatte sie gesagt.

Kurz bevor die Leiterin die Tür wieder verschloss, konnte ich durch den Spalt sehen, wie eine Person im Wohnzimmer stand.

»Warten sie! Ist da noch jemand drin?«, fragte ich energisch. Sie öffnete die Tür wieder und ich blickte hinein. *»Nein! Normal sollte da niemand drinnen sein!«*, erwiderte sie verwirrt. Ich lief, ohne das Licht zu betätigen, ins Wohnzimmer und sah mich so gut es ging noch einmal um. Da war wirklich nichts. Ich redete mir daraufhin ein, das nur eingebildet zu haben. Ich bedankte mich noch einmal bei der Leiterin und wir gingen wieder.

Als ich eine knappe Dreiviertelstunde später Zuhause ankam, war das Essen leider schon kalt. Meine Freundin packte es in die Mikrowelle, während ich mich zum Duschen zurückzog. Während sich der Schmutz des Tages von meinem Körper löste und das warme Wasser, mich tief entspannte, bemerkte ich dann plötzlich einen Schmerz. Es fühlte sich so an, als ob mein Brustkorb zusammengedrückt werden würde. Da mir auch immer mehr die Luft ausging, stützte ich mich mit einem Arm an der Wand ab. Nicht einmal Husten konnte ich mehr. Es war ein sehr beängstigendes Gefühl.

Einige Sekunden später war es wieder weg. Ich nahm kräftige und tiefe Atemzüge, während ich erleichtert meine Brust abtastete. Meiner Freundin wollte ich von diesem Zwischenfall nicht erzählen. Sie litt eh schon genug durch die Schwangerschaft, da sollte sie sich nicht noch mit meinen Problemen herumärgern. Wahrscheinlich war ich nur überarbeitet gewesen, so dachte ich.

Unser Abendessen nahmen wir dann auf dem Sofa zu uns und sahen eine Komödie dazu an. Es waren diese kleinen Momente, die für mich, dem Leben einen Sinn gaben. Das waren die Momente, für die man tatsächlich lebte. Es war nicht die Arbeit, das Geld, es waren diese kurzen Augenblicke.

Meine Freundin sagte mir irgendwann, dass sie ziemlich müde sei, und ging dann ins Schlafzimmer. Ich erwiderte, dass ich nach dem Film zu ihr kommen würde. Doch dazu kam es nie. Ich schlief kurz darauf auf dem Sofa ein.

Es war gegen 2 Uhr morgens, als ich die Stimme meiner Freundin hörte. Sie flüsterte mir meinen Namen zu. Es war so ein leises Flüstern, dass ich meinte, sie stünde direkt hinter mir. Schlaftrunken drehte ich mich um, doch konnte niemanden sehen. Das erschien mir sehr seltsam. Ich kannte die Stimme meiner Freundin und das schien sie eindeutig zu sein. Ich richtete mich auf und ging in den Flur. Doch dort war auch niemand zu sehen. Ich spickte ins Schlafzimmer hinein und sah sie dort, in den Decken eingerollt, schlafen. Wahrscheinlich hatte ich mir das nur eingebildet, dachte ich. Um sie nicht zu wecken, ging ich zurück auf das Sofa und legte mich wieder hin. Das Problem war, dass wenn ich einmal aufgewacht war, ich nur sehr schwer wieder einschlafen konnte. Ich schloss meine Augen und stellte mir vor, wie ich sanft durch eine Wolke glitt. Meistens half dieser Gedanken und meine Muskeln entspannten sich schneller. Doch dann hörte ich wieder ihre Stimme. Sie flüsterte klar und deutlich meinen Namen. Ich richtete mich also erneut auf und plötzlich sah ich sie im Flur stehen.

Da sie nach unten blickte, bedeckten ihre Haare das gesamte Gesicht. Ich dachte, dass sie irgendwie geschlafwandelt sei. Doch je näher ich ihr kam, desto mehr merkte ich, dass es nicht meine Freundin war. Die Gestalt trug einen schimmernden Ehering und wir waren noch nicht verheiratet gewesen. Etwas anderes stand dort vor mir. Dieses Wesen war auch viel größer und breiter. »*Schatz!*«, flüsterte es mir zu. Ich drehte mich kurz zur Seite und griff den Staubsauger. Ich zog das Staubsaugerrohr hinaus und hielt es als eine Art Schläger hoch. Doch die Gestalt im Flur war nicht mehr da. Ich lief mit schnellen, leisen Schritten zum Schlafzimmer und wollte erst einmal nach meiner Freundin sehen. Sie schlief zum Glück noch in Seelenruhe. Ich nahm einen tiefen Atemzug und rieb mir mit meiner Hand über mein Gesicht. Erschöpft und absolut fertig ging ich zurück ins Wohnzimmer. Ich legte mich erneut hin und schlief binnen weniger Sekunden ein.

Am Morgen weckte mich der Schrei meiner Freundin. »*Was ist passiert!*«, rief ich völlig perplex. Sie stand zusammengekauert im Flur, direkt bei der Wohnzimmertür. »*Da war … Da*

war!«, stammelte sie vor sich hin. *»Da saß
jemand am anderen Ende des Sofas! Es war
schrecklich! Es war eine alte Frau! Mit
schwarzen Augen und einem Schleier! Sie hat
dich beobachtet!«*
Für einen kurzen Moment bekam selbst ich
Gänsehaut. Ich nahm sie in den Arm und
beruhigte sie, so gut es ging. Auf dem Weg zur
Arbeit, fuhr ich sie bei ihrer Mutter vorbei.
Alleine wollte sie in der Wohnung nicht mehr
bleiben. Das konnte ich verstehen. So hatte
auch ich ein besseres Gefühl.

An diesem Tag gab es wenige Aufträge,
sodass ich die letzten Stunden, zusammen mit
Ralf, irgendwie herumbekommen musste.
*»Hättest du etwas dagegen, wenn wir einen
kurzen, außerdienstlichen Abstecher
machen?«*, fragte ich.
»Wo soll es denn hingehen?«, wollte er wissen.
»Ich will noch einmal in das Seniorenheim!«
»Was? Was willst du denn dort?«
»Ich muss etwas nachprüfen!«
*»Du willst dir doch nur die junge Leiterin
klären! Deine Freundin reicht dir offenbar
nicht mehr!«*, scherzte er.
*»Die Sache ist etwas ernster Ralf! Du hast mir
mal erzählt, dass du deinen verstorbenen
Großvater an seinem eigenen Grab gesehen*

hattest, richtig?«
»Ja, das war auf dem Friedhof in Tschechien!«
»Ich glaube, mir ist etwas aus dem
Seniorenheim gefolgt!«, sagte ich verängstigt.
»Was? Ernsthaft jetzt?«
»Ja, ich wollte es zuerst nicht realisieren, aber
selbst meine Freundin hat es heute gemerkt!«
»Man, das ist ja echt heftig, mein Freund! Gut,
dann lass uns noch einmal dahin! Was willst du
dann eigentlich sagen?«
»Weiß ich selber noch nicht genau!«, sagte ich
und schaltete das Auto in den nächsten Gang.

Auf der Fahrt dorthin, dachte ich über das
richtige Vorgehen nach, doch es schien mir so
oder so eine völlig abgedrehte Geschichte zu
sein. Wer hätte mir denn ernsthaft geglaubt?

Im Seniorenheim angekommen, gingen wir
direkt zur Leiterin, doch diese war nicht
anzutreffen. *»Gehen wir nach oben!«,* sagte
Ralf. Also schlichen wir uns über das
Treppenhaus hinauf in das oberste Stockwerk.
Wir gingen direkt zur Tür und klopften an.
»Hallo? Entschuldigung könnten sie nur kurz
einen Moment aufmachen! Keine Sorge! Wir
sind Elektriker«, sagte ich. Gut es war etwas
makaber, aber einen besseren Plan hatten wir
nicht.

»Dort werden Sie niemanden finden!«, sagte plötzlich ein alter Mann. Er wohnte scheinbar auch in diesem Stockwerk und war gerade in den Flur gekommen. Ich blickte auf seine Hand und sah einen schimmernden, goldenen Ehering.
»Vielleicht können Sie mir ja helfen, guter Herr! Wer wohnt hier?«, fragte ich.
»Sie wird ihnen nicht aufmachen, diese garstige Frau!«, hatte der ältere Herr gesagt.
»Und wer ist das?«
»Na, wer soll es wohl sein? Meine verdammte Frau!«
Plötzlich verstand ich die Welt nicht mehr. Alles war mir zu wirr geworden.
»Seit wir uns so oft streiten, haben wir zwei getrennte Wohnungen! Soll sie doch bleiben, wo der Pfeffer wächst!«, sagte der alte Mann.
»Wir haben dort gestern das Licht gerichtet!«
»Ja! Das passt gut zu ihr! Sie ist auch keine Leuchte!«, sagte der Mann und lachte dabei.
»Wer sind sie, wenn ich sie fragen darf?«
»Mein Name ist Harald! Meine Frau und ich wohnen hier schon eine lange Zeit!«
»Haben sie beide Kinder?«
»Ja, wir hatten ein Kind! Es starb, als es eine Steinwand hinaufkletterte!«
»Das tut mir leid!«
»Schon gut! Es ist Jahre her! Gut ich gehe jetzt

*in meine Wohnung! Fragen sie am besten
unten mal nach! Die Gertrud wird ihnen nicht
aufmachen! Sie mag keine Menschen in ihrer
Wohnung! Sie mag nicht einmal mich!«,*
scherzte er erneut und ging in seine Wohnung
hinein.

Ralf packte mich an der Schulter und sagte,
dass wir es wirklich noch einmal bei der
Leiterin versuchen sollten.

Wieder unten angekommen, hatte sie uns auch
schon gesehen.

*»Meine Herren! Sie müssen sich immer erst
hier bei mir anmelden, wenn sie auf die
Zimmer gehen wollen!«,* rief sie uns etwas
verärgert zu.

*»Es tut uns wirklich leid! Das Büro war nicht
besetzt, also dachten wir, sie sind vielleicht
irgendwo oben!«*

»Wo waren sie denn?«

*»Im obersten Stockwerk! Vor der Wohnung von
gestern! Ralf hat möglicherweise ein
Werkzeugstück vergessen, da wollten wir noch
einmal nachsehen!«*

*»Ich kann sie gerne noch einmal hinauf
begleiten und ihnen aufsperren!«*

*»Ja das wäre nett! Und natürlich, wenn Gertrud
nichts dagegen hat!«,* scherzte Ralf.

»Gertrud?«

»Ja, die Frau, die da wohnt! Die Frau von

Harald!«

»Bitte was?«

»Im obersten Stockwerk?«

»Es wohnt niemand im obersten Stockwerk! Die Wohnungen sind alle frei! Deswegen werden sie nächsten Monat alle vollständig renoviert!«

»Aber da war doch dieser Mann! Harald!«

Die Leiterin forderte uns auf mitzukommen. Sie führte uns in einen absperrten Raum, hinter dem Büro. Dort befanden sich haufenweise dicke Ordner und Akten. Sie öffnete eine Schublade und suchte zwei einzelne Mappen heraus. Sie legte sie vor uns auf den Tisch.

»Das ist Harald! Er war bis 1997 in unserem Seniorenheim! 1997 starb er an einem Herzinfarkt!«, hatte sie gesagt.

Ralf und ich waren sprachlos. Das ganze Thema hatte mich dermaßen überwältigt.

»Und das ist Gertrud! Sie folgte ihm ein Jahr später! 1998 starb sie, in dem sie sich einen tödlichen, elektrischen Schlag versetzte!«

»War das auch in dem Zimmer, in dem das Licht flackerte?«, fragte ich.

Die Leiterin war für einen kurzen Moment selber verängstigt, als sie sich die Daten durchlas und mit *»Ja, das war das Zimmer!«*, antwortete.

»Was ist mit ihrem Kind?«, fragte Ralf.

»Er starb an der Berliner Mauer!«
Ich blickte in die Akte und konnte es fast nicht
glauben. Das Ganze machte mir immer mehr
Angst. *»Er starb mit etwa 7 Jahren! Er wäre
heute so alt wie ich!«,* stotterte ich.

Die Leiterin packte die Mappen wieder
zusammen und zu dritt gingen wir hinauf. Dort
öffnete sie uns die Tür und wir sahen hinein.
Als die Leiterin das Licht anschaltete, fing es
erneut an zu flackern. *»Lasst uns wieder
gehen!«,* sagte ich panisch.
Ralf und ich verließen das Gebäude und
schworen uns, nie wieder ein Wort darüber zu
verlieren.

Obwohl es ziemlich schräg war, gingen meine
Freundin und ich an das Grab der Familie und
legten Blumen für sie hin. Scheinbar gab es
niemanden mehr, der sich um ihre Ruhestätte
kümmerte. Auf eine seltsame Art und Weiße,
war eine emotionale Bindung entstanden, die
ich mir auch nicht erklären konnte. Deshalb
besuchen wir jedes Jahr zu Weihnachten ihr
Grab und zelebrieren das Weihnachtsfest mit
ihnen.

Kurze Zeit nach den Erlebnissen im Wohnheim,
heiratete ich meine Freundin und wir bekamen

unser erstes gemeinsames Kind. Die
Erscheinung kehrte nie wieder.
Trotzdem verfolgen mich die Eindrücke aus
dem Wohnheim. Es ist eine tragische
Geschichte, die scheinbar nie endete.
Ich glaube, das hatte Harald damit gemeint. Sie
war garstig, weil sie noch hier festhing. Sie
sehnte sich nach ihrem Sohn, den sie scheinbar
selbst nach ihrem Tod nicht wiederfand.

Der Untergrund

Mitte 2010er, Mittelmeer

Es war einer der letzten Tage des Urlaubs. Was als Erholungsurlaub begann, entwickelte sich zu einem Abenteuer-Trip. Ob es mit dem Kajak durch schnelles Gewässer oder das Gleiten am Himmel war. Wir waren überall dabei. Es war der erste gemeinsame Urlaub und der letzte, vor unseren Ausbildungen. Daher wollten wir noch einmal richtig die Sau rauslassen.
Die zwei Wochen vergingen wie im Flug und der August neigte sich dem Ende. Die Heimreise war fast gekommen. Nur noch wenige Tage waren uns am Ende geblieben.
Es war ein Mittwochabend. Wir befanden uns gerade in einer Bar und erfreuten uns an der guten Laune und der Atmosphäre. Es gab jede Menge Spaß, Alkohol und Sex.

So nah standen wir uns zudem als Freunde noch nie. Es war eine Zeit, die nie hätte enden dürfen.

Kurz vor Ladenschluss gegen 2 Uhr morgens, wir waren gerade dabei zu gehen, da sahen wir einen Tourguide, ziemlich nahe am Eingang der Kneipe stehen. Er warb scheinbar Touristen an. Er ging direkt auf mich zu, packte mich an der Schulter und sagte so etwas wie:

»Hey, hey, meine europäischen Freunde! Wie geht es euch denn so? Habt ihr einen schönen Abend gehabt?«

»Ja, er war in Ordnung!«, erwiderte ich.

»Hört zu, das ist nicht das übliche Touristen-Tour-Ding! Was ich euch anbiete, ist einmalig! Wart ihr schon einmal Unterwasser?«

»Was? Tauchen? Ernsthaft? Ist doch total scheiße!«, spottete einer von uns.

»Nein, meine Freunde! Die Unterwasserwelt kann sehr gefährlich sein! Na, wie dem auch sei! Eine normale Tauchtour biete ich euch auch nicht an! Ich biete euch einen Nachttauchgang in einer Bucht an!«

»Was macht sie nachts interessanter als am Tag?«

»Man sagt, dass dort schon einige Leute ertrunken wären! Dort fahren auch keine normalen Touren hin! Es soll dort sogar Meerjungfrauen geben! Kein Scheiß!«

»Was? Meerjungfrauen? Das ist doch nicht dein Ernst!«, spottete erneut einer von uns.

Plötzlich kam er mir ganz nah. Mit einer ruhigen Stimme sprach er dann:

»Hört zu! Niemand von den Einheimischen würde euch dahin mitnehmen! Sie alle kennen die Legenden! Ich biete euch ein echtes Abenteuer! Überlegt, was ihr einmal euren Enkeln erzählen werdet! Ihr wart dabei! Ihr habt alles gesehen!«

»Was würde uns der Spaß denn kosten?«, warf einer ein.

»Lasst mich überlegen! Normal kostet es vierhundert Euro pro Person! Aber ihr seid mir irgendwie sympathisch! Ich will euch das unbedingt zeigen! Sagen wir zweihundertfünfzig Euro pro Person?«

»Eintausend Euro sollen wir dir zahlen, damit du uns irgendwo hinbringst, wo wir jämmerlich ertrinken könnten, ohne das uns jemand von den Einheimischen so schnell findet?«, fragten wir.

»Genau, meine europäischen Freunde! Und was sagt ihr?«

Nach einem kurzen Moment der Überlegung sagten wir dann zu. Für manche mag das jetzt sehr absurd klingen, aber wir wollten Abenteuer. Das war eines.

»Gut! Meine europäischen Freunde! Wir treffen uns morgen am Steg da vorne! Sagen wir um 1 Uhr morgens. Da wird die Küste

weniger kontrolliert! Bringt das Geld in bar mit!«

Im Anschluss gingen wir zurück in unser Hotel und schliefen bis 12 Uhr durch. Das Frühstück hatten wir zwar verpasst, aber waren pünktlich für das Mittagessen in der Kantine. Nach einer kurzen finanziellen Unterredung, kamen wir zu dem Schluss, dass diese eintausend Euro unser letztes Geld war. Abweichen wollten wir jedoch nicht. Der Rückflug war ja schließlich schon bezahlt. Das wäre das Abenteuer allemal wert gewesen.

Am Nachmittag kramten wir noch etwas in unseren Koffern herum. Wir hatten uns Anfang des Urlaubs kleine Action-Kameras gekauft. Diese hatten auch ein extra Unterwassergehäuse. Wenn schon runter in die Tiefe, dann auch mit Erinnerungsvideos. Obwohl wir alle keinen Dunst vom Tauchen hatten, freuten wir uns regelrecht darauf.

In dieser Nacht beschlossen wir keinen Alkohol zu konsumieren, da wir für dieses Erlebnis bei klarem Verstand sein wollten. Aber wir gingen trotzdem hinunter in die Bar und genossen den Abend.

Gegen 0 Uhr holten wir das Wichtigste aus unseren Zimmern und gingen langsam zum Steg hinunter. Es war eine merkwürdige, kalte Nacht gewesen. Wir mussten sogar unsere

Pullis anziehen. Der Wind wehte förmlich in die Stadt hinein und schlug dabei die Wellen so hoch gegen die Küste, dass wir kurz an einen Tsunami dachten. Obwohl der Weg hinunter zum Hafen immer gut besucht war, befand sich dort niemand mehr.

Unten am Hafen winkte uns jemand mit einem Lichtsignal zu. Wir liefen den Steg bis ganz nach hinten. Es war der merkwürdige Tourguide.

»Ich musste euch hier hinter winken! Die Hafenaufsicht mag es nicht, wenn ich Touristen hinausfahre! Wenn die mich hier sehen, dann nun ja!«

Plötzlich kamen zwei Blondinen, ebenfalls zum Ende des Stegs gelaufen. Sie waren kaum älter als wir.

»So, jetzt sind wir vollständig! Gut, dann lade ich mal das Boot! Ihr Jungs, könnt ihr mir kurz helfen?«, fragte er.

Nachdem wir die ganzen Tanks, Kleidungsstücke und Seile eingeladen hatten, stiegen wir allesamt auf dieses kleine Boot, das auf diesen monströsen Wellen so stark schaukelte, dass einige von uns sich sogar übergeben mussten.

»So, jetzt gut festhalten! Es geht hinaus in die dunklen Gewässer!«

Das Boot sprang förmlich von Welle zu Welle.

Ich hatte bemerkt, dass der Tourguide die Lichter gar nicht angemacht hatte. Erst als wir aus dem Hafen hinaus waren.

Es war ein merkwürdiges Gefühl, die Wellen in der Finsternis nicht sehen zu können. Das Boot bewegte sich unkontrolliert in alle Richtungen. Es war die reinste Hölle.

Irgendwann, so nach dreißig Minuten, wurde das Wasser eben. Keine einzige Welle traf mehr das Boot. Wir glitten praktisch durch spiegelglattes Gewässer. Ich ging zum Tourguide und fragte:

»Was ist hier los? Warum sind hier keine Wellen mehr?«

»Es gibt verschiedene Theorien, wieso hier das Wasser so still ist! Die Forscher sagen, dass es hier drunter sehr tief ist und sich das Wasser in verschiedene Gänge ausbreitet! Je tiefer, desto klarer!«, antwortete er.

»Und was sagst du persönlich dazu?«

»Die wissen alle nicht, wovon sie reden! Ein Forscher sagt etwas! Ein Anderer, etwas anderes! Dann kommt irgendwann ein Dritter, macht eine andere Forschung und behauptet dann etwas völlig anderes!«

»Die Forschung bringt doch die nötige Erkenntnis! Manchmal irren sie sich eben!«

»Du musst es so sehen! Früher gab es auch Forscher! Auf ihre Art! Sie sagten, die

Erde wäre eine Scheibe! Heute gibt es neue Forscher, die sagen, sie ist eine Kugel! Aber das sind alles nur Theorien! Weder die alten, noch die neuen Forscher haben die Erde jemals mit eigenen Augen gesehen! Sie waren alle nicht dort oben! Da draußen! Ob du nun Weltall sagst oder Gott! Alles ist ein Mysterium! Alles ist Legende! Im Endeffekt, weiß niemand etwas! Wir raten alle nur!«

> *»Und was sagst du zu diesem Gewässer!«*
> *»Willst du die Geschichte hören?«*
> *»Ja, gerne!«*

»Es heißt, dass hier mal ein Mann gelebt hat! Vor vielen, vielen Jahren! Er liebte ein Mädchen! Die Tochter des Königs! Er war Bootsbauer und besessen von ihr! Sie liebte ihn aber nicht!

Eines Tages, so erzählt man, entführte er sie! Er sperrte sie in die leere Werft.

Als er hörte, wie die Soldaten des Königs anrückten, holte er etwas hervor! Er hatte ein kleines Boot gebaut! Nur für sie! Er ruderte hier hinaus und als es aussichtslos schien, sprang er mit ihr in die Fluten! Sie versuchte sich zwar zu befreien und wieder an die Oberfläche zu schwimmen, doch er wollte mit ihr sterben! Für immer sollten sie im Meer vereint sein!«

> *»Was ist dann passiert?«*
> *»Das weiß man nicht so genau! Man*

sagt, dass die beiden dort unten starben! Es
wurden aber nie Leichen entdeckt oder
angespült! Laut einer Legende, nahm die See
ihre Seele auf und verwandelte diesen Ort zu
einem Friedhof! Deswegen ist das Wasser hier
so ruhig!«

> *»Aber das ist doch nur eine Geschichte,*
oder?«

> *»Genau! Es ist nur eine Geschichte!*
Genau wie die Geschichten der Forscher!«,
sagte er.

Plötzlich fuhr der Tourguide die Motoren
runter. *»Wir sind da!«,* rief er. Wir legten uns,
unter seiner Anleitung, die Anzüge und die
Taucherflaschen an. Er erklärte uns, in einem
Crashkurs, die wichtigsten Zeichen, das
allgemeine Verhalten und die Dekompression
Unterwasser.
Als er unsere Kameras sah, drehte er sich um,
suchte seine Kiste durch und gab uns im
Anschluss Armbänder, an die wir diese
anstecken konnten. Wir waren vier Freunde,
zwei Blondinen und der Tourguide. Er gab uns
Taschenlampen und versprach einen
Tauchgang von etwa dreißig bis vierzig
Minuten.

> *»Ich kann nicht bei jedem gleichzeitig*
sein! Versucht nicht so weit voneinander

wegzuschwimmen! Wenn möglich bleibt zusammen! Die See ist gefährlich! Ganz besonders in der Nacht! Es gibt Raubtiere Unterwasser und Schlimmeres! Seid ihr bereit?«, fragte er.

Wir als Gruppe hatten zwar noch etwas Angst, aber der Drang nach Abenteuer hatte uns vollständig eingenommen, also nickten wir.

»Also gut! Dann los! Los, los!«

Einer nach dem anderen tauchten wir in das kalte, dunkle Wasser hinein. Kurz bevor ich abtauchte, schlug mein Herz so schnell, dass mir fast mein Atem stehen geblieben wäre. Das legte sich, kurz nachdem ich unter der Wasseroberfläche wieder zu mir kam und realisierte, dass ich diesen Schritt tatsächlich gewagt hatte. Meine Freunde waren schon etwas weiter unten, zusammen mit dem Tourguide. Ich sah ihre Lichter. Als dann noch die zwei Blondinen an mir vorbei, weiter nach unten tauchten, sammelte ich meinen Mut und folgte ihnen.

An die abgebremsten Bewegungen Unterwasser musste ich mich zunächst gewöhnen.

Ich überholte die zwei Mädchen und hielt noch einmal kurz Blickkontakt mit dem Tourguide. Er fragte mich, via Handsignalen, ob alles okay war. Ich antwortete mit einem Ja. Er gab mir darauf zu verstehen, dass ich nun die Zeit hatte, mich umzusehen. Dann wandte er sich einem der anderen zu.

Ich ging also weiter nach unten. Ich hatte das Gefühl, dass der Seeboden nicht weit entfernt war. Sicher war es dunkel und ich konnte fast nichts sehen. Das wenige Etwas nur mithilfe der Lampe, aber ich wollte einmal den Seeboden berührt haben. Das wäre dann der perfekte Abschluss für meinen Urlaub gewesen. Nach einigen Metern blickte ich kurz nach oben. Ich erkannte ihre Lichter nur noch sehr schwach. Scheinbar waren sie nicht solche Entdecker wie ich. Daraufhin ging ich weiter nach unten. Die Dunkelheit hatte mich nun vollständig eingehüllt und das Einzige, was ich noch hören konnte, war mein Atem durch den Schlauch. Plötzlich traf mich etwas. Es war ein Tier oder so etwas in der Art. Es kollidierte mit mir, worauf ich voller Schreck meine Taschenlampe losließ. Ich blickte zwar panisch um mich, aber ohne Licht ging das nicht so einfach. Die Angst überkam mich. Ich war in der Dunkelheit gefangen und konnte nicht einmal sagen, ob sich etwas neben mir befand. Ich musste mitansehen, wie meine Lampe nach unten gluckerte.

Nach einem kurzen Moment des Überlegens blieb mir keine andere Wahl, als meiner Lampe zu folgen. Über mir konnte ich ihre Lichter nicht mehr sehen. Meine Taschenlampe war also viel näher.

Als ich das nächste Mal nach unten blickte, schien sie auf dem Grund angekommen zu sein. Sie bewegte sich nicht mehr von mir weg. Mit großer Furcht schwamm ich den dunklen Abgrund hinunter.

Etwa auf halbem Weg bemerkte ich, wie sich Dinge um mich herum bewegten. Ich spürte, wie mich die Wellen trafen. Zuerst ganz sanft, doch es wurde immer stärker. Da Umkehren keine Option war, paddelte ich immer schneller. Ich spürte, wie mich etwas einengte. Es umzingelte mich förmlich. Ein Druck an meinem Hals. Es pulsierte regelrecht. Wie ein Radar.

Da ich schon fast angekommen war, gab ich meine letzte Kraft. Voller Panik streckte ich meine Hand aus. Es waren nur noch wenige Meter, da streifte mich etwas an der rechten Brust. Ich wich darauf von meiner Position ab und drehte mich mehrfach im Kreis. Ich schlug mit meinen Händen ins Leere und versuchte so viele Wellen wie möglich zu erzeugen. Was immer es auch war, ich wollte es abschrecken. Nach einigen Sekunden kam erneut die Angst in mir hoch. Mit großer Vorsicht paddelte ich weiter auf das Licht zu. Die Taschenlampe lag auf einem großen Stein. Ich stützte mich kurz darauf ab, nahm einen erleichterten Atemzug durch den Schlauch und hob die Taschenlampe auf.

Ich leuchtete um mich herum. Der Lichtstrahl traf auf kleine, alte Bauwerke. Ich konnte es fast nicht glauben. Dort befanden sich Treppen aus Stein. Darauf folgte so etwas wie ein zerfallenes Steinhaus. Als ich auf die andere Seite leuchtete, sah ich eine alte Statue. Sie war schon so verwaschen, dass man die Struktur im Gesicht oder auf dem Körper nicht mehr erkennen konnte. Algen hatten den Großteil der Figur eingenommen. Als ich diese Szenerie weiter durchleuchtete, erkannte ich weitere versunkene Bauten. Das Areal neben dem zerfallenen Steinhaus mit der Treppe, wirkte wie ein alter Garten. Natürlich gab es dort keine Pflanzen mehr, aber eine Steinfassade zierte an einigen Stellen die Grenzen des Grundstückes. Ich schwamm durch den Garten hindurch und kam zu einem Turm. Er steckte halb im Boden, daher konnte ich nicht die vollständige Größe ermessen, doch auch schon die Hälfte reichte aus, um mich in Ehrfurcht zu versetzen. Ich erkannte, dass es sich tatsächlich um eine versunkene Stadt gehandelt hatte. Es war zwar ein Meerespflanzen bedeckter Grund gewesen, doch darunter konnte ich an einigen Stellen, den Weg erkennen. Es waren gewaltige Steinquader.

Während ich versuchte, mir alles anzusehen, hatte ich mich so weit von meiner ursprünglichen Position entfernt, dass ich nicht einmal mehr wusste, aus welcher Richtung ich gekommen war. Da gab es nur mich und diesen Ort. Zumindest hoffte ich das in diesem Augenblick.

Ich leuchtete die Gegend ab und begab mich immer weiter weg. An einer Stelle konnte ich so etwas wie die Spitze eines Kirchturms erblicken. Man erkannte zwar nicht mehr viel, aber das Kreuz stand noch immer darauf.

Ich muss in diesem Augenblick kurz stehen geblieben sein. Ich leuchtete gerade um mich, als ich etwas sah, das scheinbar auf mich zukam. Zuerst konnte ich es nicht wirklich erkennen. Es änderte sehr schnell die Richtung. Mit großer Neugierde begab ich mich um die Spitze der Kirche.

Als ich in die Ferne leuchtete, erkannte ich einen Menschen. Es war eine Frau. Ihr Haar hatte sich in der Tiefe wie ein Spinnennetz aufgestellt. Sie blickte um den Turm herum. Ich konnte nur ihren Arm und den Kopf sehen. Der Rest versteckte sich hinter dem Bauwerk.

Ich dachte zuerst, das wäre eine der beiden Taucherinnen gewesen. Deswegen schwamm

125

ich selbstverständlich dahin. Vielleicht war es doch etwas zu selbstverständlich gewesen. Auf halbem Weg bemerkte ich dann, dass es nicht die Blondine von oben war. Diese Frau hatte ein sehr blasses Gesicht. Je näher ich kam, desto furchterregender wurde das Ganze. Ihre Augen waren kugelig und schwarz. Obwohl sie mich bemerkt haben müsste, da ich immer wieder auf sie leuchtete, sah sie mich nicht an. Sie sah die ganze Zeit auf den Boden vor sich.

Verdammt, vielleicht war es eine Leiche, dachte ich.

Mit großer Neugierde und Furcht ging ich immer näher an sie heran. Ich streckte meine Hand aus und wollte sie an der Schulter berühren. Aber noch bevor es dazu kam, bewegten sich diese schwarzen Augen. Sie wandte ihren Blick auf mich. Sie gab einen Schrei ab und warf mich um. Ihre dunkel-goldenen, knochigen Arme drückten mir dabei meine Kehle zu. Als ich auf dem harten Steinboden aufgekommen war, ließ sie meinen Hals wieder los und schwamm über mich, in einer wahnsinnigen Geschwindigkeit, hinweg. Ihr Unterleib traf mich einmal mit voller Wucht. Ich konnte es zuerst gar nicht glauben. Es war eine gigantische Flosse gewesen. So etwas kannte ich nur aus Kinderbüchern oder Filmen. *Das waren doch alles nur Fabelwesen,*

oder etwa nicht?
Ich richtete mich wieder auf und leuchtete
weiter in die Ferne. Mein Gehirn versuchte das
Ganze, als eine Illusion abzutun. Ich merkte,
wie es damit kämpfte. Es sendete Signale, um
zu prüfen, ob ich schlief. Dem war aber nicht
so. Als sich diese Erkenntnis vollständig in mir
entfaltet hatte, überkam mich so eine
wahnsinnige Angst. Ich wollte mich gerade
herumdrehen und wieder nach oben
schwimmen, da sah ich dieses Ding erneut. Es
schwebte praktisch direkt über mir. Es sah auf
mich herab mit diesen ekligen, kugeligen
Augen. Sie waren definitiv nicht menschlich,
genauso wie das Wesen selbst. Wer also damals
die ersten dieser Wesen, in ein Märchen packte,
hatte keine Ahnung davon. Sie wirkte eher wie
ein Raubfisch. Ihr Mund war geöffnet, doch sie
hatte keine Lippen. Es war kein menschlicher
Mund, obwohl das Gesicht, eher menschlich
wirkte. Es war der Mund eines Barsches.
Als ich sie so über mir sah, hatte ich Angst,
mich zu bewegen. Ich fürchtete einen erneuten
Angriff.
Während ich mit meiner Panik rang, piepste
mein Atemregler. Ich hatte nur noch wenig
Sauerstoff. Es war an der Zeit wieder
aufzutauchen. Während ich mit meiner
Taschenlampe spielte, bemerkte ich, dass ihre

Augen dem Licht folgten. Obwohl die Furcht mich fast gelähmt hatte, kam mir eine Idee.

Das Licht hatte nicht nur sie angezogen, sondern auch andere Fische. Also musste ich es ausstellen. Es kostete mich Überwindung, doch dann legte ich den Schalter an der Lampe um. Ich schloss meine Augen und versuchte alles andere auszublenden. Dabei bemerkte ich, wie die Fische wild durch die Gegend schwammen und das Ding über mir sich zu bewegen schien. Ich wartete die nächsten Momente in der absoluten Finsternis ab, bis sich, um mich herum, alles gelegt hatte. Dann schwamm ich mit meinem letzten, gesammelten Mut in einer geraden Linie nach oben.
Die Schwärze hatte mich wieder vollständig eingenommen. Mein Adrenalin schoss mir durch meine Adern und das beklemmende Gefühl brach wieder über mich hinein. Ich betete, dass dieses Ding mir nicht folgen würde und auch sonst keine Überraschungen auf mich warteten.
Und dann sah ich ein Licht über mir. Es kam scheinbar immer weiter auf mich zu. Es war der Tourguide. Er ließ mich kurz vor der Oberfläche einen Dekompressionsstopp einlegen und schaffte mich danach wieder auf das Boot.

»Wo zur Hölle warst du denn? Ich dachte, du wärst uns abgesoffen!«, fragte er energisch. Meine Freunde und die zwei Blondinen schauten mich verwundert an, während sie sich gerade abtrockneten.

»Ich war ... Ich war ... unten!«, stammelte ich.

»Ich habe euch doch gesagt, es ist wichtig, dass ihr zusammenbleibt! Was hast du denn da unten gemacht?«

»Ich wollte den Meeresboden sehen!«

»Was? Du bist bis nach ganz unten geschwommen?«

»Ja! Wieso? War das falsch?«

»Ihr sollt nicht ohne mich da hinunter! Als ich meinte, bleibt alle zusammen, dann meinte ich genau das damit! Wenn, dann gehen wir alle zusammen runter!«

»Aber da war noch etwas!«

»Was war da?«

»Da war eine versunkene Stadt! Oder zumindest etwas Versunkenes!«

»Das ist nicht möglich! Ich war mit anderen Tauchlehrern oft dort unten! Da gibt es nichts, außer Korallen und Algen!«

»Es war aber da! Und das war nicht das Einzige!«, sagte ich, nahm den Tourguide zur Seite und flüsterte ihm zu:

»Da war eine Meerjungfrau!«

»Ah ich verstehe! Meine Geschichte von vorhin hat dir so gut gefallen, dass sie dir da unten einen Streich gespielt hat! Ich kann dir zu einhundert Prozent versichern, dass es dort nichts außer Fische und Pflanzen gibt!«

»Dann komm mit mir hinunter!«
Die anderen standen verunsichert auf und kamen auf uns zu. Sie fragten ihn, was denn los sei.

»Es ist alles in Ordnung! Bitte! Bitte! Es ist alles in Ordnung! Ich muss mit ihm noch einmal kurz runter, da er etwas verloren hat! Bitte bleibt auf dem Boot! Trocknet euch ab! Setzt euch! Trinkt etwas! Wir sind gleich wieder da!«

Er schloss uns neue Tauchflaschen an und wir begaben uns wieder in das dunkle Wasser. Doch diesmal schien alles viel ruhiger zu sein. Das vollständige Hinabtauchen verlief viel schneller und einfacher. Schon nach gefühlten zehn Minuten waren wir dort unten angekommen. Der Tourguide gab mir zu verstehen, dass ich ihm zeigen solle, wo ich etwas gesehen hatte. Doch das war nicht möglich. Die Stadt war weg. Der Boden war sandig und nur mit Pflanzen und Korallen überzogen. *Wie konnte das sein?*

Wir schwammen viele hunderte Meter umher, doch es war nicht mehr da. Ich war

etwas enttäuscht, als er mir das Handsignal gab, dass wir wieder auftauchen würden.
Im Boot angekommen, kam mir dann eine andere Idee.

»Meine Kamera! Sie hat es bestimmt aufgezeichnet!«
Voller Euphorie drückte ich die Videos an, doch sie zeigten nur einen schwarzen Bildschirm. Ab und an konnte man Blasen vor der Taschenlampe erkennen, aber das war es dann auch gewesen.

»Mein Freund! Ich bin mit dir noch einmal runter! Das waren zwei Extraflaschen! Normal würde ich jetzt noch einmal zweihundertfünfzig Euro von dir verlangen, aber weil ich mich, durch meine Geschichte, für deinen Geisteszustand etwas mitverantwortlich fühle, belassen wir es jetzt so! Ich hätte jetzt gerne eure Bezahlung!«
Wir gaben ihm das Geld, er startete den Motor und wir fuhren wieder zurück. Meine Freunde fragten mich auf dem Weg, ob denn alles in Ordnung mit mir sei. Ehrlich gesagt, konnte ich es nicht wirklich beantworten. Vielleicht verlor ich ja auch den Verstand, so dachte ich. Ich zog mich nun um. Die Action-Kamera war noch immer an dem Armband dran.

»Hey, soll ich dir die Armhalterung eigentlich wieder geben?«, fragte ich ihn.

»Du kannst sie behalten! Siehe es als ein Andenken an einen unvergesslichen Abend, mein Freund!«, entgegnete er.

Ich steckte die Kamera, zusammen mit dem Armband in meine Tasche. Als wir wieder am Hafen angekommen waren, verabschiedeten wir uns von ihm und gingen wieder in unser Hotel.
Als ich mich alleine in meinem Zimmer befand, brach ich kurz in Tränen aus. Das hatte mich dermaßen fertiggemacht, dass ich kaum mehr wusste, ob ich noch gesund war oder nicht. *Fühlt es sich so an, wenn man den Verstand verliert*, fragte ich mich immer wieder.

Ich packte meine Tasche aus und zog dabei die Kamera hervor. Ich schnallte sie von der Armhalterung ab. Da bemerkte ich etwas. Es schimmerte und reflektierte dabei das Licht. *Was konnte das nur sein?*

Es war etwas Glibberiges. Nicht allzu fest. Ich strich es auseinander. Es sah aus, wie eine Fischschuppe. In etwa so groß wie meine Handfläche. So einen großen Fisch hatte ich in meinem gesamten Leben noch nie gesehen. Ich überlegte einige Minuten, bis mir wieder etwas einfiel.

Dieser eine Moment, als mich etwas in der Dunkelheit gestreift hatte.
Es war die Schuppe der Meerjungfrau.

Die Leichenhallen

Mitte der 1990er, Bayern

Die 90er hatten ein ganz anderes Lebensgefühl. Das war noch die Zeit vor der ganzen Technik. Beziehungsweise, es war die letzte Zeit davor. Die letzte Etappe, wenn man so will. Ich hatte frisch mein Studium abgebrochen und landete direkt beim Arbeitsamt. Sie fragten mich, was ich jetzt zu tun gedenke. Ich hatte überhaupt keine Ahnung, was ich darauf damals hätte antworten können. Es war nicht ganz einfach für mich. In der Schule hatte man ein bestimmtes Ziel. Eine bestimmte Ausbildung. Dann scheiterte man dort und fing an die Hochschulreife zu erwerben, um zu studieren. Zumindest war es bei mir so, dass ich mit dem Studium nur begann, weil ich sonst keine Idee hatte, was ich tun konnte. Jetzt war ich in derselben Situation. Sie sagte:

»Ich hätte hier etwas, falls sie an einer Arbeit interessiert wären!«

Da ich wenig Lust hatte, eine Ausbildung zu

machen und noch weniger, in andere Studiengänge zu switchen, sagte ich einfach, *Ja.*

»*Okay! Das ist doch schon mal ein Anfang!*«, hatte sie gesagt.

»*Und was genau wäre die Tätigkeit?*«

»*Moment! ... Es ist als Reinigungshilfskraft im Krankenhaus!*«

»*Also ich arbeite ja lieber morgens!*«

»*Nur Nachtschichten!*«

»*Okay! Das klingt nicht schlecht! Nur Nachtschichten! Das wäre meine zweite Wahl gewesen!*«, scherzte ich zynisch.

Sie gab mir die Stellenausschreibung und vermittelte mich weiter. Es gab kein wirkliches Vorstellungsgespräch. Das Ganze wurde mehr oder weniger mit einem Händedruck besiegelt. Freitagnacht war dann meine erste Schicht. Als ich durch die Eingangstür kam, hätte ich fast wieder hinauslaufen können. Ich stand inmitten von leeren Krankenhausgängen, die nur dürftig beleuchtet waren. Außer mir sah ich dort keine Menschenseele. Plötzlich packte mich etwas an der Schulter und ich zuckte zusammen. »*Hey! Du bist bestimmt der Neue! Ich bin Karl!*«, sagte er. Anhand seiner Kleidung und Wortwahl wusste ich, dass ich sein neuer Partner war.

»*Hey! Wir arbeiten zusammen?*«, fragte ich nervös.

»Ganz recht! Ich hoffe, du bist etwas taffer als dein Vorgänger!«, scherzte er und schlug mir dabei auf die Schulter.

Also eins musste ich Karl lassen. An so einem dunklen Ort hatte er seinen Humor behalten.

»Was ist mit dem Vorgänger?«, hatte ich gefragt.

»Den hat das alles zu sehr mitgenommen!

»Alles?«, fragte ich zurück.

»Ja, was hat man dir erzählt, was wir hier tun?«

»Sie haben mir alle gar nichts gesagt! Nur, dass es Nachtschichten sind und wir die Reinigung des Krankenhauses übernehmen!«

»Ja, das stimmt zum Teil! Ein ganz wichtiger Teil und der Hauptpunkt sind die zwei Leichenhallen!«

Für einen kurzen Moment war ich still. Als er merkte, dass es mir Angst gemacht hatte, klopfte er erneut auf meine Schulter und scherzte:

»Ach was! Mache dir jetzt keine Sorgen! Die beißen nicht! Zumindest, wenn du sie nicht zuerst beißt!«

Im Anschluss führte er mich durch die Station und zeigte mir die Putzkammer. Dort befanden sich die Reinigungsmittel, Eimer, Handschuhe. Alles was man brauchte. Es dauerte etwa zwanzig bis dreißig Minuten, bis wir alles bereit hatten. Mit unserem Putzwagen gingen wir dann auf die Station.

»Wieso ist es denn hier so dunkel?«, fragte ich.

»In der Nacht werden die weniger wichtigen Gänge nicht so gut beleuchtet! Daran merkt man ihre Prioritäten, was?«

»Ich hoffe, die Leichenhallen sind zumindest gut beleuchtet!«

»Ja, das sind sie! Aber gerade dort wünschte ich, es wäre nicht so!«

»Wieso?«

»Weil man da ab und an Sachen und Dinge sieht!«

»Wie meinst du das?«

»Dort wirst du immer wieder mit Toten konfrontiert! Es ist ein schauerliches Gefühl! Gerade, wenn es tote Kinder oder junge Menschen sind! Das hat dein Vorgänger nicht so gut verkraftet! Er ist psychisch zusammengebrochen! Du darfst vieles nicht an dich heranlassen!«

Ich war wieder still. Das Ganze machte mir von Minute zu Minute mehr Angst.

»Hey! Ich bin ja dabei! Wenn du merkst, es geht nicht mehr, dann sag einfach Bescheid! Ist das in Ordnung?«

»Ja, klar! Dankeschön!«

»Gerne doch! Wir haben alle einmal damit angefangen! Es dauert seine Zeit! Das wird schon!«

Wir reinigten zuerst die Krankenstation. Die Patienten waren schon in ihren Betten, also mussten wir uns sehr leise verhalten. Meistens flüsterten wir nur. Karl wischte die eine Seite des Flures, ich die andere.
Danach gingen wir den Flur hinunter in einen anderen Flügel des Gebäudes. *»Bist du bereit?«*, fragte er mich. *»Ich denke schon!«*, hatte ich gesagt.
Am Ende des Flures stand ein einzelner, silberner und massiver Fahrstuhl. *»Der wird normal nur benutzt, um die Verstorbenen hinunterzufahren!«*, erklärte er mir.
Wir fuhren unseren Reinigungswagen hinein und er drückte auf das zweite Untergeschoss. *»Da sind die Leichenhallen!«*, sagte er.
In mir regte sich irgendwie, auf meine noch jungen Jahre, die Angst vor dem Tod. Was würde mich wohl gleich erwarten?
Nachdem der Aufzug zum Stillstand gekommen war, öffneten sich die massiven Schiebetüren und gebaren einen dunklen Flur dahinter.
Einige der Lichter flackerten, wie in so einem schlechten Horrorfilm. *»Hier geht es lang!«*, sagte Karl und ging mit dem Wagen voraus.

Während wir diesen dunklen Gang abliefen, hallten unsere Schritte zusammen mit dem quietschenden Geräusch der Räder des Reinigungswagens. Am Ende des Flures gab es zwei Türen, die nahezu identisch waren und in perfekter Symmetrie zueinanderstanden. Auf der Linken stand die Zahl 1, auf der Rechten, die Zahl 2.

»Das sind die beiden Leichenhallen!«, sagte Karl und öffnete die Nummer 1. Es war ein kalter und deprimierender Ort. Jegliches Glücksgefühl hatte mich in diesem Moment verlassen. Dort standen mehrere Liegen aus Metall. Dahinter gab es Fächer, die fast wie Schubladen wirkten. Ohne zu fragen, wusste ich schon, was diese innehatten. Karl drückte mir den Wischer in die Hand und sagte: *»Fang da hinten an! Wir treffen uns dann wieder in der Mitte!«*
Es lagen zu meinem Glück keine toten Menschen auf den Liegen, doch das machte es nicht wirklich besser. Zumindest wusste ich, was das für ein Ort gewesen war, und das reichte alleine schon aus. Als wir mit unseren Seiten fertig waren, nahm er mir den Wischer ab und wir gingen wieder hinaus. Ich war gerade dabei die Halle 2 zu öffnen, da griff Karl nach meiner Hand. Verdammt. Ich hatte mich so erschreckt.

»Was soll das?«, fragte ich verängstigt.

»Warte du hier! Die Halle 2 ist für deinen ersten Tag noch etwas viel! Ich mache das heute alleine! Morgen kannst du mir dann assistieren!«

So verschwand Karl dann hinter der Tür Nummer 2.

Es dauerte zwanzig Minuten, bis er wieder hinauskam. Ich war so erleichtert.

»So, jetzt ist alles fertig!«, sagte er. »Sind wir jetzt durch?«, fragte ich zurück.

»Ja! Lass uns das Zeug wieder zurückbringen! Dann machen wir Feierabend!«

Eines der schönsten Gefühle, dich ich je in meinem Leben hatte, war es, an diesem Abend das Krankenhaus verlassen zu haben. Ich holte mir bei einer Fast-Food-Kette noch etwas zu essen und begab mich wieder nach Hause.

In der nächsten Nacht wartete ich erneut im Eingangsbereich des Krankenhauses, doch Karl kam nicht. Ich ging zur Station und suchte nach einem Ansprechpartner. Da packte mich plötzlich etwas an der Schulter. Ich zuckte erneut zusammen. Doch dann atmete ich erleichtert auf, da ich dachte, Karl wäre endlich gekommen. Doch dem war nicht so. Es war die Nachtkrankenschwester. Sie fragte mich, ob ich von der Reinigungsfirma sei. Ich sagte: »Ja!«

»Ich soll dir von deiner Chefin ausrichten, dass dein Kollege heute leider krank ist! Da sie auf die Schnelle auch keinen Ersatz bekommen haben, müsstest du es alleine machen!«, sagte sie mir vorsichtig. Obwohl es mich ängstigte, nahm ich es hin, wie es war. Also dieselbe Tour, nur diesmal alleine. Im Reinigungszimmer mischte ich alles zusammen und lud den Wischer auf. Dann ging es auch schon los.

Die Station war relativ einfach. Sicher, es dauerte doppelt so lange, aber war wesentlich angenehmer, als das, was mir noch bevorstand. Nach einem tiefen Atemzug, begab ich mich, aus der Station hinaus, in den nächsten Flügel. Angsterfüllt lief ich den dunklen Korridor hinter zum Fahrstuhl. Ich betätigte den Knopf und spürte regelrecht den Druck, den die Mechanik erzeugte. Komisch, dass ich gerade an diesem Tag, alles viel intensiver wahrnahm, als noch am Tag zuvor.

Im zweiten Untergeschoss angekommen, lief ich den Gang bis hinter zu den Hallen. Das Licht flackerte noch immer und weckte meine Ängste. Dieser Umstand verursachte an meinen Sinnen eine Taubheit. Als würde ich mich in einem Traum bewegen. So fühlte es sich an und je näher ich diesen verdammten Türen kam, desto stärker wurde es.

Vor der Halle 1 machte ich einen kurzen Moment Pause und hielt inne. Ich konnte da nicht hinein, aber ich konnte auch nicht weg. Kennt ihr dieses Gefühl?

Ich nahm noch einmal einen tiefen Atemzug und öffnete die Tür. Doch die Luft blieb mir fast im Hals stecken, als plötzlich das Licht in der Halle anfing zu flackern. Nicht wirklich lang. Es flackerte einen kurzen Moment und leuchtete darauf wieder normal weiter. Ich redete mir ein, mit der Tür, eine Sicherung erwischt zu haben und versuchte einfach weiter meine Arbeit zu machen. Ich nahm den Wischer in die Hand, ging ans andere Ende des Raumes und fing an.

Ungefähr in der Mitte stieß ich gegen eine der Liegen. Mir blieb fast das Herz stehen, als ich sah, wie eine Person dort lag. Ich konnte sie nicht ganz sehen, da sie mit einem weißen Tuch bedeckt war, aber die Arme hingen links und rechts hinunter. Da ich mir ziemlich sicher war, dass die Person vorhin noch nicht da lag, streckte ich meine Hand aus und wollte den Körper kurz antippen, als plötzlich eine Reinigungsflasche vom Wagen fiel. Voller Panik drehte ich mich um. Ich blickte zwar die Gegend ab, doch konnte niemand sehen. Ich versuchte mich zu beruhigen, in dem ich mir

einredete, dass die Flasche nur ungünstig
gestanden sei. Als ich wieder zum Körper
blickte, war das Tuch weg. Ich sah in sein
Gesicht, bis er plötzlich seine Augen öffnete,
die Mundwinkel nach oben zog und das Licht
erneut aus ging.

Nur sehr kurz war es dunkel geworden. Fast
schon im Flackern kehrte das Licht dann
wieder zurück, doch die Leiche war nicht mehr
da. Voller Panik blickte ich umher, doch konnte
nichts Merkwürdiges mehr sehen. Ich
schnappte meinen Wischer, zusammen mit
dem Wagen und begab mich, unter Adrenalin,
wieder auf den Weg zurück. Die dunklen Flure
wirkten auf einmal so verdammt beängstigend,
dass ich fast meinen Verstand verloren hätte.
Jedes Mal, wenn ein Rad des Putzwagens kurz
stockte, bekam ich fast einen Herzstillstand.
Eines, der schlimmsten Momente war es dann,
auf diesen Aufzug zu warten. Jede einzelne
Sekunde fühlte sich wie eine Ewigkeit an.
Während ich in meiner Panik gefangen war,
klopfte es auf einmal aus den Leichenhallen. Es
war ein dumpfer, fester Schlag. Als würde
jemand von innen gegen die Türen schlagen.
Mit jeder anbrechenden Sekunde wurde es
dann lauter. Ich war fast schon erleichtert, als
sich die Tür des Fahrstuhls endlich öffnete,
doch dann erwartete mich das Grauen selbst.

Die Türen der Leichenhallen gingen zeitgleich auf und etwas rannte auf mich zu. Es war ein großes, dunkles Wesen. Wie ein Schatten, ohne Gesicht und ohne andere Merkmale. Ich sah es so wahrhaftig vor mir, wie ich zuvor die Krankenschwester vor mir sah.

Ich schob den Reinigungswagen mit einem Stoß in den Fahrstuhl und drückte mich ebenfalls hinein. Eine Tür-Schließen-Taste gab es leider nicht. Ich musste darauf warten, dass sich die Türen automatisch wieder schlossen.

Der Flur wurde währenddessen immer dunkler und dunkler und ich konnte die gewaltigen Schritte hören, die sich immer weiter auf mich zu bewegten. Als die Dunkelheit fast alles eingenommen hatte, schlossen sich die Fahrstuhltüren dann endlich und ich atmete erleichtert auf. Es war die pure Angst vor dem Tod gewesen.

Als ich oben angekommen war, stellte ich die Utensilien wieder an ihren Ort. Der Schwester erzählte ich nichts von den Vorkommnissen. Sie hätte mir ohnehin nicht geglaubt. Mit hastigen Schritten verließ ich dieses dunkle, beängstigende Krankenhaus.

Ich kündigte am folgenden Tag.

Ich weiß bis heute nicht, was es mit diesen Leichenhallen auf sich hatte, aber ich hörte, dass das Krankenhaus ein paar Jahre später geschlossen wurde.

Buh!

Nachwort

Bist du jemals in der Dunkelheit gewesen? Hast du jemals das Klopfen gehört, ohne dass jemand da war?
Und jetzt bist du hier und blickst in dieses Buch. Du hoffst, dass die letzten Seiten alles etwas auflockern würden, aber realisierst ganz schnell, dass es nur Wunschdenken war.
Ein Schauer überkommt dich. Du merkst es erst ganz leicht und dann immer stärker.
Ein Unbehagen entfaltet sich in dir, als du begreifst, dass sie alle hier sind. Sie sind alle bei dir und beobachten dich. Jetzt in diesem Moment.
Denn auch, wenn du nicht an die Dunkelheit glaubst, ist sie bei dir, wenn die Sonne untergegangen ist.